中国创造故事丛书

李炳银 主编

追逐太阳的人

杂交水稻之父袁隆平

陈启文　著

河南文艺出版社
·郑州·

图书在版编目(CIP)数据

追逐太阳的人:杂交水稻之父袁隆平/陈启文
著. —郑州:河南文艺出版社,2017.9(2018.8 重印)
(中国创造故事丛书/李炳银主编)
ISBN 978-7-5559-0589-9

Ⅰ.①追… Ⅱ.①陈… Ⅲ.①报告文学-中国-当
代 Ⅳ.①I25

中国版本图书馆 CIP 数据核字(2017)第 186230 号

出版发行 河南文艺出版社
本社地址 郑州市鑫苑路 18 号 11 栋
邮政编码 450011
售书热线 0371-65379196
承印单位 河南瑞之光印刷股份有限公司
经销单位 新华书店
开   本 700 毫米×1000 毫米 1/16
印   张 12.75
字   数 166 000
版   次 2017 年 9 月第 1 版
印   次 2018 年 8 月第 2 次印刷
定   价 37.00 元

印厂地址 河南省武陟县产业集聚区东区(詹店镇)泰安路
邮政编码 454950 电话 0391-2527860

"中国创造故事丛书"总序

李炳银

　　人类社会的历史，一直伴随着对客观世界的认识和自然规律的理解。这一过程，就是科学开始和不断融合于社会生活实际的过程，也就是人类科学技术日渐发展更新的道路。

　　习近平总书记指出，历史证明，谁牵住了科技创新这个牛鼻子，谁走好了科技创新这步先手棋，谁就能占领先机、赢得优势。长久以来，国际范围内的竞争，综合国力的竞争，其关键是科学技术的竞争，科技进步和创新是增强综合国力的决定性因素，对经济和社会发展具有先导性、全局性的意义，增强创新能力关系到中华民族的兴衰存亡。发展教育与科学，是文化建设的基础性工程，是推动经济和社会发展的决定性因素，加强科学技术创新和教育创新，有助于发展教育。创新是一个民族的灵魂，是一个国家兴旺发达的不竭动力。

　　中国曾经是一个科技文明发达的国家，拥有灿烂的文化和丰富的科技创造成果。后来因为长久相对恒定僵化的社会制度，再加上自我禁锢和故步自封，到了近现代，在科学技术领域明显落后于西方国家，结果遭受西方列强铁船火炮的凌辱。后来有人"睁开眼睛看世界"，提出了"以夷治夷"，开展"洋务运动"等主张，都是在感受到科技落后的基点上的自醒与奋起。中华人民共和国建立之后，国家独立，科技进步，日新月异。特别是自20世纪后期开始的改革开放以来，科技是第一生产力的观念得到确认，科学发展的自觉和行动愈加坚定，科技体制改革在加快，科技创新的成果不断地涌现出来，令人振奋和自豪，也让国家的尊严和综合实力获得很大提高。如今，科学技术不断更新换代，中国已经在不少科技项目中站在了世界的前列，令人至为高兴和振奋。因此，热情走近像青藏铁路建设、杂交水稻品种培育、高速铁路、航天科技、海洋深潜、超级运算、大飞机制造等这些立足于自主创新基础上的，表现了中国人独特的科技创造精神，并领先世界的科技成果项目，感受和理解中国科学家的科学思想、科学精神、科学创新、科学担当、科学情怀等丰富的内容，向科技创新致敬，就应该成为文学表达的优先选择。这也正是"中国创造故事丛书"策划、组织和书写、出版的初衷所在。

"中国创造故事丛书"以报告文学的形式，向读者真实展现我国近些年来的重大科技成果和高科技领域许多优秀人物的动人故事，目的在于提高对科技创新活动的认识和主动参与的自觉，推动中国全社会，特别是青少年形成学科学、爱科学的良好氛围。高科技成果的不断涌现，是中国国家力量和民族智慧创新精神的表现，真实生动地给予文学呈现，在增强民族自信心，增进爱国主义精神和普及科技知识的同时，积极弘扬科学精神，提升全社会创新发展意识水平，实现中华民族伟大复兴的中国梦，具有非常重要的现实意义。

参与这套丛书写作的作家，都是活跃于当今中国报告文学创作领域的骨干力量。他们不尚空谈，也没有无视和躲避现实社会生活的巨大改变，他们热情地抵近社会生活的前沿，在很多伟大的科技创造现场，在很多动人的科学人物故事中，在很多振奋人心的科技创新技术面前，在很多足以提振国人自豪骄傲的伟大创造成果获得中，很好地表现了文学家的热情，表现了文学对科学的致敬。如果说，提高全民科学素质，普及科学知识，弘扬科学精神，传播科学思想，倡导科学方法是科技工作者义不容辞的责任的话，那么，这套丛书的写作和出版，也是作家通过真实艺术表达的特殊方式参加科学推广和普及的一种表现，相信会产生积极的社会影响。

感谢所有参与这套丛书的作家和出版人士。

2017 年 7 月 26 日

目录

第一章　少年意气

艰难时世

那个日子已变得遥远而模糊，然而一旦被揭示出来，就会让人心生敬仰。

那是 1929 年 8 月 13 日，农历己巳年七月初九。时值北京一年中最闷热的季节，知了的叫声不绝于耳。那时候的北京还叫北平，故都北平。在浓荫蔽日的西城区大木仓胡同，当一个婴儿"呜啊——呜啊——"的啼哭声从协和医院的妇产科里传来，正是太阳当顶的时候，这响亮的哭声打破了一个生命诞生之前的压抑，随即又传来一声惊喜的欢呼："啊，又是一个胖娃娃！"

隔着一道门，一个当时还很年轻的父亲长长地舒了一口气，他仿佛一听就知道，这是他儿子。这也许是父子之间的一种天生的心心相印之感吧。可那时候谁又能想到，在这啼哭与欢呼声中，一个足以用伟大来形容的人物诞生了！这婴儿就是未来的杂交水稻之父、中国最伟大的"农民"袁隆平，而将他接生到这个世上的，也是一个足以用伟大来形容的人

　追逐太阳的人：杂交水稻之父袁隆平

物——"万婴之母"林巧稚。她用娟秀而工整的字迹填写了婴儿出生档案，又握着他柔嫩的小脚丫在一张白纸上按上了一个小脚印，这是袁隆平人生的第一个脚印。当这一切被时间隐藏下来，这个清晰的日子在逝水流年中变得越来越模糊了。时隔八十年后，当许多人为袁隆平的出生日期争论不休时，一份尘封的档案连同那小小的脚印才被重新发现，这个婴儿降生的时间得以确认。

小暑割麦，大暑打谷。趁着三伏天的大太阳，夏收的庄稼纷纷上场打晒，空气中弥漫着一阵阵新鲜的、成熟的味道，从乡村一直蔓延到城市，街市米店里的新面、新米纷纷登场。"五谷丰熟，社稷安宁"，这是天下苍生世世代代的祈盼或愿景。然而，一个婴孩睁开眼第一次看见的世界，哪怕在烈日下也显得阴惨惨的，四处弥漫着死亡的气息。那是一个兵荒马乱的年代，大大小小的军阀正拿手中的枪炮弹药作为棋子，以中国版图作为棋盘，狼奔豕突，你争我夺，一场战争紧接着一场战争，一如司马迁在《史记》中对秦末乱世、楚汉纷争的描述："大战七十，小战四十，使天下之民肝脑涂地，父子暴骨中野。"中华民族自古以来就是一个多灾多难的民族，天灾人祸又往往叠加在一起。在袁隆平降生之际，既有军阀混战的人祸，又加之赤地千里的天灾，大西北和华北几乎同时发生了大饥荒。在战乱与饥荒的岁月中，人命是最贱的东西，而粮食是最贵的东西，连黄豆、豌豆都被穿成了串卖。那些手上拎着黄豆串、豌豆串的贩子，站在街头拉长嗓门吆喝着，仿佛和尚捻着佛珠在念经一样，但他们脸上看不出一点佛心善念。这其实也怪不得他们，天下从来没有白吃的午餐。要恨，只恨苍天无眼，让亿万苍生生逢这样一个饥饿的乱世。一座狼烟与阴霾笼罩下的故都，几乎成了一个混乱无比又巨大无比的难民营。那些蜂拥而来的饥民和乞丐，只能在臭烘烘的垃圾堆里寻找吃的，连癞蛤蟆、老鼠也不放过。然而，在那饥荒岁月，连这些肮脏的小动物也几乎绝迹了。只要能吃的，连树叶、树皮和草棵都被饥饿的牙齿啃光了，在这光秃秃的大地上，只能吃土了。有一种叫观音土的黏土，也是饥饿岁月的食物，然而这黏土难以下咽，有人吃着吃着就猝然倒地而死，眨眼间变成了垃圾堆边的饿殍。一堆堆干枯如柴的尸体至死都瞪着空洞的眼睛，又不知将会被拖向哪个乱坟岗去喂了那些同样饥不择食的野狗。

那年头，不只是中国在饥饿的边缘挣扎，就连世人眼中如同天堂一般的美国，在经济大萧条中也有数百万人非正常死亡，大多数是饿死的。饥荒如瘟疫一样四处蔓延，谁也不知道什么时候才是尽头，世界上何时能不再发生饥荒。

在艰难时世中，袁隆平是一个幸运儿，他降生于一个大户人家。袁家是江西德安有名的"西园袁氏"，袁隆平的爷爷袁盛鉴为晚清举人，在戊戌变法之后，一个旧式读书人的观念也随之一变，盛鉴公放下了手中的四书五经，一度进入江西地方自治研究会研习变法图强的新政，并被委任为海南岛文昌县（今文昌市）县长。当时的海南岛还是一个天遥地远的蛮荒之地，这对于一个来自赣中的官员来说是极大的考验，水土不服加之言语不通，最终让盛鉴公"为官一任，造福一方"的满腔抱负难以施展。他又不甘心做一个混日子、吃白饭的县老爷，于是以一纸辞呈提前告别了仕途，回到江西德安老家教书育人。岁月往往会在不经意间出现某种轮回，当年的盛鉴公又怎能想到，多少年过去之后，他的孙子袁隆平又沿着他当年走过的路，一路追逐着阳光走到天涯海角，从而续写了他当年立誓要"造福一方"的梦想。

袁隆平的父亲袁兴烈是一个生于封建时代、成长于民国时代、在壮年岁月又迈进了共和国时代的人物。"西园袁氏"的一脉书香在他身上得以延续，他毕业于国立东南大学中文系，大学毕业后，他曾担任过德安县高等小学的校长和督学，从 20 世纪 20 年代至 1938 年一直供职于平汉铁路局。袁兴烈是中文系的高才生，在平汉铁路局担任的是文书、秘书一类的工作，这条贯穿中国南北的大动脉，由此成了他青壮年时代的人生中轴线。

袁隆平的母亲华静生于扬子江和京杭大运河交汇处的江南鱼米之乡——镇江，是一位大家闺秀。她从一所英国教会学校毕业后，一度在安徽芜湖教书。从她年轻时的照片看，她已一改旧式千金小姐遍身罗绮的形象，上穿浅色的高领衫，下穿黑色长裙，素净简约，舒适得体，是当时知识女性的典型形象。

袁隆平出生后，在北平度过了一段短暂的、还算安稳的岁月。每个人的生命之初，都会度过一段记忆空白的岁月，一个幼儿对当时的北平还不可能有任何记忆，但他后来也听母亲讲过他襁褓期的笑话。他一生下来就特别能吃，一张小嘴吃起奶来不知道有多欢，拔掉了奶头，又吮着自己的手指头。这样的笑话其实每个小孩子都有，那也许是一种天性吧。不过，袁隆平到了会吃饭的时候，还真是有一种与生俱来的饥饿感，仿佛从未吃饱过。

在袁隆平两岁时，一场蓄谋已久的战争把这个依然处于记忆空白期的幼儿提前推进了动荡岁月。1931 年，"九一八"事变爆发，中华民族抵抗日寇入侵的十四年抗战从此开始了。在袁隆平三岁到七岁的这几年里，一直随父母在平汉铁路上南迁北徙，辗转奔波于北平，天津，江西赣州、德安，湖北汉口等地。少年不知愁滋味，一个孩子，还感觉不到这是生死攸关的大苦大难，反而觉得这东躲西藏的日子像躲猫猫一样有趣。从另一方面看，这也让他从小就磨炼出了一种适应不同环境的生活能力、应变能力，在未来的日子中，袁隆平一直追逐着阳光，天南地北地辗转奔波，却奇迹般地从未出现过水土不服的现象，这兴许就是他幼年时代就已经锻炼出来的一种体能，甚至是本能。

漂泊流离中也有一个宁静的港湾，那就是德安老家。这位于庐山和鄱阳湖之间的地方，如同战乱岁月的世外桃源，也是赣中数得着的鱼米之乡。在袁隆平上小学之前，袁母带着几个孩子在德安老家断断续续住过几年，这让一个在故都北平出生的孩子，有幸在故乡度过了一段充满乡情与童趣的日子。袁隆平兄弟五个，按长幼依次为隆津、隆平、隆赣、隆德、隆湘，还有一个妹妹——惠芳。说到袁隆平这个名字，其实并没有特别的含义，在"西园袁氏"的谱系中，他排在隆字辈，又在北平出生，父亲因此为他取名隆平。袁隆平在兄弟中排行第二，小名二毛，哥哥小名大毛。大毛、二毛小哥俩在德安老家居住时，祖父祖母都还健在。在二毛的记忆里，那个穿着长袍马褂的老爷爷总是板着脸，坐在书房里的一把太师椅上。这样一个新旧交替时代的过渡人物，在一个大家庭里依然拥有着旧式老太爷的威仪，深沉而威严，不苟言笑，让人充满了敬畏。他不经意间的一声干咳，会让小辈们的心随之颤抖，仿佛连空气也会震荡起来。调皮捣蛋的二毛也很怕他，在他跟前不敢随便讲话，吃饭的时候也是规规矩矩坐着，老老实实地吃，饭碗必须吃得像小猫舔过一样干净。如果有一粒米饭不小心掉在桌上了，老爷爷立马就会鼓起眼睛瞪他一眼，他赶紧就把米饭捡进嘴里。

其实，这老爷子是很疼爱孙子的，自从海南文昌辞官还乡后，他就不再担任任何官职，一心以耕读传家，家门口就挂着这样一副楹联："耕读传家久，诗书继世长。"这也是"西园袁氏"的家风。当他看到孙子们从外地回到老家，一下便有了精神寄托，袁家的未来，就全指望这些小毛头了。二毛那时才三四岁，老爷子便开始教他读书识字，念得最多的就是唐人李绅的那首《悯农》诗："锄禾日当午，汗滴禾下土。谁知盘中餐，粒粒皆辛苦。"老爷子还时常带着孙子们去田间看那些在烈日下锄禾的农人。那田野的味道很好闻，但太阳晒得脑壳疼，几个小毛头的脑袋瓜都晒得不敢抬起来。老爷子却站得腰杆笔直，他看着一望无际的田野和那些个打着赤膊、流着黑汗的农夫，又独自感叹："四海无闲田，农夫犹饿死啊！"这田间的许多道理，一个三四岁的小孩子是很难懂的，但只要走进田间看过了，在这太阳底下晒过了，那情景就一辈子也忘不了。

老爷子自然不想让自己的孙子们成为大字不识的农夫，他想要把他们培育成从小就懂得艰难辛苦，能吃苦、懂规矩的读书人。在老爷子面前，孙儿们无论是站着坐着，都必须挺直腰杆，"站如松，坐如钟"，读书时要抬头挺胸，写字时要"头正、身直、臂开、足安"，绝不可趴着写字、歪着拿笔，否则，老爷子就要吹胡子瞪眼睛，又急促又威严地敲一下桌子，你再不改，"啪"的一声，一戒尺就打过来了，打得很响，却也不是太疼。二毛在小哥俩中打小就是最淘气的，他属蛇，在属相中是一条小龙，但他像个小猴精似的，站没站相，坐没坐相，又加之贪玩不用心，自然没少被老爷子打过手心。打了，老爷子还要叹息一声："这小崽子，猴子屁股坐不住啊，没有定力啊！"

其实，只要是二毛感兴趣的事物，他特别有定力。刚刚回老家，他就盯上了奶奶那杆形影不离的水烟袋。那烟杆有一尺多长，下边是一个葫芦样的水壶，与烟杆完美地连接在一起，衔接处是一个漂亮的弧形。这水烟袋是用黄铜打造的，时间一长，那黄铜磨得发光发亮，像金子一样。这家伙就像奶奶的命根子，每次吸烟时都小心翼翼，轻拿轻放，生怕摔坏了。奶奶一抽烟，二毛一双眼就贼亮贼亮地瞄着，只见奶奶噘着嘴吞云吐雾，那铜葫芦咕嘟咕嘟直响。奶奶是那样眉飞色舞，快活得跟神仙似的，二毛也馋得小嘴直流涎水，鼻翼不停地翕动，心里就跟猫儿挠痒痒一样，蠢蠢欲动。然而，奶奶警惕得很，每次吸烟后就把烟袋放在一个小毛头们够不着的地方。但百密也有一疏，不怕贼偷，就怕贼惦记。终于有一次，给二毛逮着了一个机会。那天奶奶烟才抽了一半，不知啥事就急急地出去了，那烟袋随手就放在桌子上。二毛赶紧飞奔过去，拿起烟袋伸进嘴里猛吸了一口，他抽得很卖力，把鼻涕都抽出来了，那又苦又辣的烟味把他呛得连声咳嗽起来，一撒手，那水烟袋咕咚一声掉在地上，摔坏了。这还得了！奶奶迈着一双小脚赶来了，一眼看见孙子那个狼狈相，又好气又好笑。"你这小贼，你这小贼崽子！"奶奶一边骂，一边捡起烟袋来敲他的脑壳。

那烟袋真要敲在他脑袋上只怕会敲出一个鸡蛋大的疙瘩，二毛感觉到了疼，脑袋却没有起疙瘩。奶奶自然只是要吓唬吓唬这个"小贼崽子"，让他长点记性。哪怕是真打，在时隔多年的回忆中也会变得童趣盎然，反而把疼痛的感觉给忘了。

在德安老家，二毛还有一段关于稻米的香喷喷的记忆。那是二毛稍稍懂事的时候，父亲在奔忙中抽空回家，带来一小袋天津小站米，一颗颗晶莹剔透如玉粒般，还没下锅就能闻到一股稻米的清香。一家人围着桌子吃饭时，父亲看着几个孩子吃得美滋滋的，便有些得意地笑问他们："你们觉得这大米饭好吃不好吃？"几个孩子都抢着说："好吃，好吃，真香啊！"父亲说，这可不是一般的大米，这是从前给皇帝吃的贡米呢！这顿饭，二毛一辈子也忘不了，他从此记住了小站米的美味。他还萌生了一个小小的野心，若是他能种出这样的稻米，让天底下的人都能吃上这样又香又好吃的大米饭，那该有多好啊！

1936 年 8 月，袁兴烈把妻儿从德安老家接到了汉口，而二毛这次告别德安老家，其实也是他对无拘无束的童年生活的告别。随着日本侵华战争全面爆发，"西园袁氏"那个宅院在接踵而至的战火中毁于一旦，而二毛在老家度过的那一段纯真而又充满了童趣的岁月，也就成了他一生中唯一与故乡有关的记忆。在每个人的一生中，能够在记忆中留下的东西其实很少，大多数都像是岁月的泡沫，很快就消失得无影无踪了，但那些坚固的东西消失了，那些熟悉的气味却不会消失，往往会以一种比记忆更深入的方式，化为生命或人生的一部分，伴随人的一生，如影随形。

汉口，汉口

汉口，一座波光潋滟的城池，长江，汉江，在交汇中推波助澜，此起彼伏，一座城池也仿佛波澜起伏。

抵达汉口时，正值三伏天，武汉是长江流域的三大火炉之一，阳光从天空照射下来，一阵阵滚烫的热风扑面而来，满头汗水从二毛的额头流下来，眼前的一切都模模糊糊。他使劲抹了抹眼睛，想要看清楚这个像蒸笼一样热气蒸腾的城市，却怎么也看不清。

一家人刚刚安顿下来，父亲就把大毛、二毛送进了汉口扶轮小学，这学校相当于后来的铁路职工子弟学校。从此，二毛从无拘无束的童年迈进学生时代，也可说是他降生后踏出了人生的第二个脚印，一个早已取好了的名字也从此正式注册：袁隆平。

在那个时代，很多穷人的孩子根本上不了学，袁隆平是非常幸运的，他入学之前，在德安老家爷爷就给他打下了一定的童子功，已经认得不少字了，到了汉口，白天上学，晚上还有母亲的细心辅导。袁母是一位当时少有的知识女性，又曾当过多年教师，这让孩子们从小就受到良好的家教。袁隆平能说一口流利的英语，最早就是母亲启蒙的。袁母的英语是教会学校里的英国老师教的，原汁原味的牛津口音。英语也要练就童子功，二毛还在咿呀学语之际，母亲就开始教他"How are you"（你好吗）、"This is a book"（这是书）……到上学时，别的孩子都觉得英语太难，他却每次考试都能轻而易举地拿高分，那口语也是原汁原味的牛津口音。

袁母在教会学校念书时，就喜欢阅读欧美文学与哲学名著，她能背诵许多英语原版的名篇佳作，尤其喜欢德国哲学家尼采。二毛刚上小学，母亲就教他读尼采的书。尼采，这个两岁半才学会说第一句话的哲学家，一半是天才，一半是疯子，他的超人哲学和权力意志论，对于一个孩童来说，是高深莫测的，但他还说过很多深入浅出又特别励志的格言，如"人类唯有生长在爱中，才得以创造出新的事物"，这让袁隆平从小就懂得爱与创造的隐秘联系。爱是一切创造的原点，没有爱，就没有创造。又如尼采发问："凡具有生命者，都不断地在超越自己。而人类，你们又做了什么？"这些话，对于一个七八岁的小孩子，也许还似懂非懂，却又触及了他一生追求的关键词：爱，创造，超越。诚然，一个哲人的影响对袁隆平是间接的，最直接的还是母亲潜移默化的言传身教。母亲不光是教他学英语，在做人方面尤其注重言传身教，她教导孩子们要做一个有爱心的人，"你要博爱，要诚实"。

汉口那如火炉般闷热的夏天，夜幕降临后，气温才会慢慢降下来。一家人吃过晚饭，孩子们做完老师布置的家庭作业，每人就搬个小板凳围着母亲，坐在院子里的一棵大树底下乘凉。母亲一边摇着蒲扇，一边给他们讲故事，那悠悠摇动的扇子和娓娓道来的故事，化作一阵阵清风吹拂着孩子们的身心。袁母不知哪来的那么多的故事，既有神话——古老的中国故事，还有遥远异国的安徒生童话：《卖火柴的小女孩》《海的女儿》《丑小鸭》《野天鹅》《拇指姑娘》《皇帝的新装》……她讲得绘声绘色，栩栩如生，那些故事和童话中的人物仿佛就在他们眼前。那树上的月亮越来越高，星星越来越亮，孩子们也越来越心明眼亮。

二毛最爱听狐狸的故事，那些狡猾而贪婪的狐狸扮演着寓言里的各种主角。有一只长得圆滚滚的狐狸，看见了一个院子里的葡萄，它馋得不得了，但那道高高的围墙它翻不过去。它绕着围墙不停地转悠，终于发现墙上有个洞，可那个墙洞太小了，它左试右试怎么也钻不过去，可这狐狸还是挺聪明的，它先在院子外边饿了七天，等到身体终于瘦下来了，嗖的一下就钻进了墙洞，吃到了院子里的葡萄。结果坏了，它把肚子吃撑了，那肚子又变得圆鼓鼓的了，想钻出墙洞又钻不出来了。它只得躲藏在院子里又饿了七天，等到身体瘦下来了，才钻了出来。这个狐狸的故事，让孩子们笑成一团，抱着肚子哎哟哎哟地叫唤，二毛更是笑得人仰马翻，从小板凳上跌下来了还笑个不止。等孩子们笑够了，母亲便笑着问他们："你们说这只狐狸是聪明呢还是愚蠢呢？"几个小家伙抱着小脑瓜想啊想，你说它愚蠢呢又怪聪明的，它遇到了过不去的坎儿很会想办法；你说它聪明呢又挺蠢的，它在院墙里里外外地折腾了一圈，那葡萄也吃着了，但一只狐狸从胖到瘦，从瘦到胖，依旧还是原来那只狐狸。母亲一边听着孩子们的回答，一边微笑着点头，还鼓励他们往多方面去想。二毛打小就有一个习惯，一思考就下意识地摸脑袋，一直到现在还是这样。他就这样摸着脑袋反反复复想：一方面呢，这只狐狸想要达到的目的是什么？吃葡萄！它挺聪明，想尽了办法，最终也达到了目的，吃到了葡萄。从另一方面想呢，这只狐狸又真是挺蠢的，其实不是蠢，而是它太贪心了，如果它不吃那么多葡萄，适可而止，就不会把自己吃撑了，也就用不着把自己饿瘦了再钻出来。所以啊，二毛得出了这样一个天真的答案：一个人不能没有目标，但也不能太贪心，否则就算你再聪明、再用心，在费尽了心机达到了目的后，到头来还是回到了原来的样子，等于什么也没有得到。

不管袁隆平有着怎样的奇思异想，给出一个怎样的答案，母亲总是含笑不语，不说你对，也不说你错。这样一个母亲，她讲的是一般的故事，却有着非同一般的讲法，最可贵的就是，她从不给孩子们一个标准答案，而是给他们留下了思考的余地，在多种可能性中，让他们做出自己的选择。"一个好的母亲抵得上一百个学校的老师"，这句话在孩子们身上得以验证。袁隆平兄弟五个，后来出了四个大学生、一个中专生，每一个都很有出息，首先应该感恩这样一位循循善诱的母亲。

一个在未来岁月被誉为"当代神农"的杂交水稻之父，他在汉口还有两段终生难忘的记忆。第一个是关于炎帝神农氏的。1936年秋天的一个周末，袁隆平随母亲去拜谒神农洞。这神农洞距汉口不远，相传是炎帝神农氏的诞生地。那正是秋收季节，汉口周边的农人在稻子收割之后，都要来报答神农氏赐予他们的收成，他们怀里都搂着一把刚刚收割的稻穗，先在神农膝下跪拜磕头，然后将那把稻子虔诚地供奉在神农氏的脚下，祈求神农氏保佑他们在来年打下更多的稻子。那一把把稻谷在神农脚下越堆越高，仿佛还闪烁着来自田野的金灿灿的阳光。在扑鼻的稻香里，二毛睁着一双乌黑发亮的大眼，好奇地打量着神农氏。慢慢地，他感觉有一种熟悉的气味从神龛深处散发出来，这位神农就像爷爷曾带他去见识过的那些在烈日下劳作的农夫啊，一双大脚仿佛还踩在稻田里，田里的稻子淹没了他的膝盖，风吹来时，水稻发出哗啦啦的响声，稻浪拍打着他那泥糊糊的双腿……忽然，他那小脑袋里又冒出了一个问题，这神农为什么这般受人尊敬呢？这正是母亲带孩子们来拜谒神农的目的。

随着母亲绘声绘色的讲述，二毛眼里呈现出那远古岁月的苍茫大地，在那荒芜无边的旷野上，万物都在野蛮生长，一个农人的身影在这充满了野性的原野上渐渐浮现，那是一个由远而近的漫长过程，越来越清晰。

"土地啊——！"他一边深情而不知疲倦地呼唤，一边向着大地深深俯下身躯，用双手抠出荒草下的泥土。他捧着那黑油油的土，仰望苍穹，喊出了他的第一个心愿："上苍啊，给我种子！"在他深情而不知疲倦的呼唤中，一只火红色的神鸟缓慢地飞过蓝幽幽的天空，嘴里衔着一株九穗的稻禾，随着神鸟有节奏地振动羽翼，穗上的谷粒一粒粒坠落在地上。他弯腰把种子捡拾起来，撒播在田间，遥远的地平线上幻化出一道彩虹，只见荒芜隐退，稻禾生长。

"上苍啊，给我灌溉！"在他的呼唤中，大地上涌现出九眼泉井，井中的水脉彼此相连，他从一眼井中汲水，其他的八眼井水也会一起波动。

"上苍啊，赐我阳光！"在他的呼唤中，云开日出，顷刻间，太阳闪射

杂交水稻制种田

出金黄的光芒，那苍茫的天地间一片灿烂，一个被阳光照亮了的农人充满了生命的威严，金黄的阳光照耀着金黄的稻田，天地间渐渐弥漫出成熟的味道……

这一次拜谒神农洞，是袁隆平童年经历中的重要一幕，在他懵懂的童年依稀浮现出了他未来世界的一个轮廓，虽说还不太清晰，但可以猜测，他在一个古老的神话中已隐隐获得了某种神示。而在他的童年记忆中，还有一个更真切的、确立了他心智方向的细节。这个细节没有神农所经历的沉重的苦难，没有冒着生命危险的种种尝试，它更接近一个如同天堂般的童话。那是他在汉口扶轮小学念一年级的时候，老师带他们参观了汉江边上的一个园艺场。在那儿，他看到了形形色色、活泼生姿的花卉，蝴蝶在花丛间飞舞，蜜蜂在花蕊中采蜜。除了花卉，还有大片的果树林和葡萄园。二毛特别喜欢在果园里行走的那种感觉，树上挂满了色彩鲜艳的水果，那熟透了的水蜜桃、鲜红的西红柿和一串串晶莹的葡萄，仿佛轻轻一碰就要溅出新鲜的汁液来。那一刻，他突然萌生了人生中的第一个明确的目标，长大了他要学农，要搞这样一个园艺场！如果一辈子生活在这样的园艺场该有多好，世界上，还有什么比这更甜蜜的事业呢？随处都能闻到鸟语花香，渴了，饿了，一伸手就能摘到水蜜桃、西红柿和葡萄，这比那只想吃葡萄的狐狸，不知要美到哪里去了！

汉口，汉口，袁隆平童年记忆中的汉口，不只有神农的神话和园艺场的美景与梦想，还有另一个汉口，那是战火、狼烟与血腥味交织在一起的汉口。1938 年入夏之后，日寇掀起的战火已从上海、南京沿着长江疯狂延烧过来。日军轰炸机像嗡嗡嗡的苍蝇一样飞来，有时候几乎没有过渡，天地间就突然一团漆黑，随着一阵闷雷滚过，天空忽然又像火烧般的通红。日机每投下一轮炸弹，就像发生了猛烈的地震，一座座学校坍塌了，一条条道路瘫痪了，这座华中重镇已到了沦陷前的最后关头。"位卑未敢忘忧国"，那些日子，袁隆平的父亲袁兴烈在铁路上为给抗战武装运送军火和战略物资而日夜奔忙，他还倾其所有，与一家钢铁厂厂长共同筹资打造了五百把特制的大刀，捐献给西北军抗日名将孙连仲的大刀队。《大刀向鬼子们的头上砍去》这首抗日战歌就是袁隆平在汉口学唱的一首歌，尽管他那时还不太懂事，也感觉这是他唱得最过瘾、最解恨的一首歌曲。然而，再锋利的大刀也阻挡不住日军的飞机与大炮，这让他在懵懂中觉醒，如果咱们中国人掌握了比日本更先进的科技，造出了比日本更先进的飞机、大炮，就不会这样挨打了。随着战事越来越吃紧，眼看武汉已朝不保夕，政府发布了疏散市民的紧急命令，在难民潮的裹挟之下，袁兴烈带着一家人踏上了逃亡之旅。

多少年之后，袁隆平还依稀记得，那天，父亲一脚跨出门时一声不吭，头也不回，只伸手拍了拍他和哥哥隆津的肩膀，然后使劲地看了小哥俩一眼。那一眼，让刚满八岁的袁隆平突然看懂了，突然懂事了，他恍然明白了父亲没有说出的话：这条路，就靠你们自己的本事来走了！

在那逃亡途中，一个拖家带口的父亲要背负太多东西，还要照顾老人、妻子和比大毛、二毛小哥俩更弱小的孩子，他已经顾不上这两个较大的孩子了。而在这条烽火连天、难民汹涌的路上，一家人能否躲过日寇飞机的狂轰滥炸，会不会被混乱拥挤的难民踩踏、冲散，谁也不知道。这次离别汉口，说不好就是生离死别啊。小哥俩只能将两只小手紧紧地攥在一起，紧跟在父亲的背后撒开腿使劲儿走。当时，袁母已身怀六甲，又一个生命即将降生，而一家人却奔波在生死路上。

少年意气

重庆，作为抗战时期的临时首都，又称陪都，对于当时的逃难者来说，那几乎是唯一的方向。

1939 年 5 月初，袁兴烈带着一家人终于抵达了重庆。放到现在，从汉口到重庆最多也就一天一夜的时间，袁家竟辗转奔波了一年多，还好，他们一路上虽说经历了几次断粮，但一次次都从饥饿中挺了过来。一路上遭遇过日寇飞机的多次轰炸，都说枪子儿不长眼睛，但一家人都奇迹般地躲过来了。到重庆时，一家人也没有失散，一个个都全须全尾地活着，在半途上还增添了一张吃饭的嘴，那就是在湖南桃源生下的袁隆平的五弟隆湘。

重庆既是一座山城，也是一座江城，山江之间，云遮雾绕，浓雾从嘉陵江蔓延而来，一座城市的轮廓若隐若现，如海市蜃楼。然而这幻境很快就被日机的轰炸打破了。一家人抵达重庆不久，连脚跟还未站稳，就遭遇了日军飞机的"五三""五四"大轰炸。那是 1939 年 5 月 3 日至 4 日，日机对重庆发动了连续两天的大规模轰炸，当场炸死了近四千人，两千多人受伤，二十万人沦为无家可归的难民。从中心城区一直到嘉陵江畔，化为一片火海。大火扑灭之后，街道两边的房屋只剩下了摇摇欲坠的残垣断壁，残砖断瓦间堆满了缺胳膊少腿的尸体，很多尸体烧得如枯黑的木炭。在一位死去的母亲怀里，她的孩子还在吮着她的乳头。那些没有被炸死和烧死的人，却比那些死难者更痛不欲生。袁隆平眼睁睁地看见一个被炸断了双腿的"扁担"（脚夫），抱着妻子的尸体绝望地哭喊："你走了，我这没了腿的瘫子还怎么活啊？你生下的那一堆崽子我拿什么养活啊！"

这惨烈而悲绝的一幕，化为了袁隆平刻骨铭心的记忆，贯穿了他的心理成长过程和整个人生。多少年过去之后，只要提到重庆，他就会讲起重庆大轰炸，他痛心疾首地说："一想起来就心里发紧。不过，这场战争也叫我从小懂得了一个道理：弱肉强食。要想不受别人欺侮，我们中国必须强大起来！"

在侵略者毁灭性的轰炸之下，天底下已放不下一张安静的课桌，但中华民族顽强的意志是无法毁灭的，那些被日军重点轰炸的工业基地、交通枢纽，哪怕在短时间内陷入瘫痪，很快就会被抗战军民冒着生命危险抢修恢复，重新运转起来。街道与店铺哪怕被炸成了一片火海，只要还有一家劫后余生的店铺，照样开门营业，大中小学也一律照常上课。袁隆平也一直没有中断学业，抵达重庆不久，他就进了龙门浩中心小学。孩子们只能在日机频繁轰炸的间隙里打开课本，时时刻刻都可能遭遇日机的轰炸，谁也不知道灾难会不会降临自己的头上。但二毛毕竟还是一个十岁的小男孩，无论多么残酷的现实都无法压抑一个孩子的天性，没有什么能拘束那颗小小的心，无论走到哪里，他身上都有一股率性而为的野气。那绝非一个好玩的年代，却偏有这样一个好玩的孩子。

袁兴烈到了重庆便投笔从戎，担任了西北军驻重庆办事处的一名上校军官，他们家租住的房子就在嘉陵江边，这让袁隆平如鱼得水，没多久就学会了游泳。每天放学之后，他便如同一只小鸭子似的往江边跑，把书包往江滩上一撂，浑身脱得只剩下一条小裤衩，扑通一声，一个猛子扎进江里，痛快，太痛快了。他还特别喜欢那种顶风破浪的感觉，越是有狂风巨浪猛烈地冲击他，他越是觉得痛快、刺激。在游泳上他还真是有天赋，天生一身好水性。有时正上着课，忽然拉起了空袭警报，师生们赶紧从教室里转向防空洞，袁隆平眼看着别的学生没命似的往防空洞里跑，他却一把拉上弟弟隆德，撒丫子就往嘉陵江边跑。他觉得，躲在江水里比躲在防空洞里更安全，日本人不会那么傻，故意把炸弹投进江里，日本人要炸的是市中心的楼房和人群，而不是江里的鱼虾，虽然有些炸弹也会落到江里，却是一些流弹，不小心落下来的。他这想法虽说天真，倒也猜得八九不离十。当他游泳时，日本人的飞机有时飞得很低，几乎是贴着江边掠过，连机上的飞行员都看得很清楚。但日机还真是很少往嘉陵江里投弹，而是将尾巴一摆就向市区飞去，随后远处便传来一阵闷雷似的响声，还有一道道如闪电般的光芒从嘉陵江上划过。袁隆平在水中攥紧了拳头，他知道，又有许多房子被鬼子炸毁了，又有许多老百姓被鬼子炸死炸伤了……

　　袁隆平在嘉陵江里躲过了日机的一次次轰炸，却躲不过父亲那双眼睛，尤其是父亲的那台高倍军用望远镜。一次，袁兴烈正举着望远镜，站在一扇临江的窗前，居高临下地搜寻江边的动静，在江滩上迎风摇曳的草丛中，忽然出现了两个孩子的身影。他把焦距拉近了，定睛一看，竟然是自家的两个臭小子，二毛正拉着四毛（隆德）往河边跑呢。"这小兔崽子，他又想去玩水，竟然还拉上了弟弟，不要命啦！"在一个父亲眼里，嘉陵江是危险的，每年不知有多少人在这江里淹死。在二毛眼里，父亲是危险的。此时，袁隆平虽说看不见父亲，但他也知道这很危险，一旦被父亲抓住了，肯定逃不过一顿打。不过，他人小鬼大，鬼点子还不少。譬如说，他每次下河游泳，都要拉上弟弟，这就是他想出来的一个鬼点子，两个人一起犯错误，如果挨打，那也是两个人一起挨打，各打五十大板，会打得轻一点，但结果却是"错上加错，罪加一等"。这天小哥俩还没来得及跳下水，就被飞奔而来的父亲从背后来了个突袭，一只手拎着一个，像拎着两只鸭子似的，一路气呼呼地奔回家。结果已经注定，二毛被父亲打得屁股蛋子开了花。四毛没有挨打，站在一边看，可他一直痛苦地支着身子，看上去比挨打更难受，父亲一鞭子抽在二毛身上，四毛就像挨了狠狠的一鞭子，身体猛地一颤，嘴巴一咧，先就痛苦地叫了一声："啊——！"

　　但二毛怎么挨打都咬紧了牙关不哭，他是哥，在老弟面前必须保持男子汉的尊严。结果，他遭受了更严厉的惩罚。

在二毛看来，最厉害的处罚还不是挨打、下跪和惩罚性的背书写字，而是"不准吃饭"。挨一顿打，那是阵痛，很快就过去了，但那种挨饿的滋味则缓慢而难受，那不是阵痛，不是挨打的一个地方痛，而是浑身上下都说不出的难受。这最厉害的一招袁隆平也经历过，当父亲对他施以"不准吃饭"的处罚时，母亲再心疼，也只是躲在房间内默默垂泪。她从不出来为孩子们说情，她也知道，对于二毛这种野性难改的孩子，不能由着他的性子来。直到父亲出门办事去了，母亲才会端着一碗米饭过去，热着的米饭上面还盖着一个二毛最爱吃的荷包蛋。她一边看着儿子大口大口吃着，一边用手抚着他的肩头，讲一些他能听得懂的道理：那嘉陵江有多危险，一个人的生命有多宝贵，如今人们活着又多么不容易，不说鬼子每天都在轰炸，就是能吃上一口饭也难啊。人啊，活的就是一口饭！

袁隆平还太小，有些话他听着不一定明白，甚至就像一阵耳边风，但只要亲身经历过一次，一下就明白了。有一天，袁隆平和母亲一起上街买东西，母亲拉着他的手在摇摇欲坠的屋檐下走着，由于日机的轮番轰炸，有的墙壁已歪向街道，眼看就要倒下来，却又像有什么东西支撑着，一直没有倒塌。这狭窄的老街上挤满了难民。母子俩穿过混乱的人流，看见一个瘦得皮包骨的耍猴人牵着一只瘦小的猴子，人与猴一起打躬作揖，有气无力地哀求路人赏口饭吃。袁母上街买了点油盐米菜，口袋里只剩下了两角小钱，她赶紧掏出来递给了耍猴人，却又黑压压地围上了一群人，四面八方伸过来的都是又瘦又长的手臂。那一刻，二毛看着母亲那想要救助穷人又无能为力的悲哀神情，看着满街饥民浮肿的脸上一个个黑洞似的嘴巴，忽然又想起了那个洪荒年代的神农，那个"天雨粟"的神话，这让一个孩子蓦地产生了异想天开的幻想，若天上落下的不是日本鬼子的炸弹，而是一粒粒的谷子该有多好啊！

尽管战火一直在蔓延，但时间不会因战争放缓，也不会因战争而加速。1942 年夏天，袁隆平从龙门浩中心小学毕业，进入复兴初级中学，他在复兴中学只念了半年就转学了。这所初中没给他留下太深的印象，却留下了一个与时间有关的笑话。他写了一篇作文，想到自己来重庆一转眼就三四个年头了，真是"光阴似箭，日月如梭"啊。他对自己在作文里用上这样一句成语还有些自鸣得意，可他不会写"梭"字，结果写了个错别字。这篇文章交上去后，让那国文老师好一阵摇头晃脑，一个十来岁的小屁孩竟然发出了这样的怅叹，简直就是无病呻吟嘛，况且，连个"梭"字也不会写！这老师也够尖酸刻薄的，朱笔一批："臭文章！"还在课堂上把这篇文章作为反面教材又批了一番。在同学们的哄堂大笑中，袁隆平没有低头，倔强地挺着腰杆和脖子，不过那脖子根儿都红了。他在心里暗自发誓，从此，他一辈子再也不写"光阴似箭，日月如梭"这一类人云亦云的成语了。

第二年春季开学，袁隆平转入了赣江中学，这是他们江西老乡在重庆创办的私立中学，为现重庆市六中的前身之一。袁隆平在这所中学读了一年，又转入了他哥哥隆津就读的博学中学。这是一所在武汉沦陷前夕从汉口迁来的名校，当时的校长胡儒珍先生，毕业于香港大学和英国伯明翰舍里欧研究院教育系，可以说是一位教育家，从 1928 年上任到 1950 年卸任，胡儒珍担任博中校长长达二十二年之久。他一方面吸收西方现代教育理念，一方面又从中华文化精髓中萃取营养，提炼出"勤朴博学"作为校训。这一校训融入了一代代博学人的血液，也为袁隆平注入了血缘传承之外的另一种血脉或基因。

这种战乱中迁来的学校，只能在重庆远郊的荒岭野坡上盖起一些临时校舍。博中和其他从内地迁来的学校差不多，最好的房子是一栋学生宿舍，一半是砖瓦，一半是土墙，其余的校舍都是师生们在山上砍竹、割茅草，再敷上黄泥巴搭建的棚屋。"斯是陋室，惟吾德馨"，胡校长常以《陋室铭》来勉励师生。虽然办学条件很差，但师资队伍是一流的，很多骨干老师都像胡儒珍先生一样学贯中西。

袁隆平从小学到中学，学习成绩都不拔尖，更不是那种传说中的"学霸"。这与他的性情有关，一句话，他干什么都是跟着兴趣走，兴趣就是最好的老师。对自己喜欢的功课，他兴趣盎然，上课用心听讲，下课继续钻研，成绩就很好。对那些不喜欢的功课，他就只是应付，及格就行。他自称"最不喜欢数学"。要说呢，他也并非天生就不喜欢数学，只因有两个问题未能得到满意的答案，从而挫伤了他对数学的兴趣。一个是在复兴初级中学念初一时，数学老师讲解有理数乘法，有一条最基本的运算法则是"负乘负得正"，这让袁隆平感到特别奇怪，他又开始摸脑袋想了，正数乘以正数得到的是正数，这个很容易理解，可为什么负数乘以负数其绝对值也是正数呢？凡不理解的问题，袁隆平从小到大都是非要打破砂锅问到底。他一问，那位数学老师一下哽住了，又好像感觉很突兀，好像这是一个初中一年级学生不该问的问题。思考片刻后，数学老师才扶了扶滑到鼻尖上的眼镜，慢条斯理地回答道："你们刚开始学习代数，只要牢牢记住这条法则，按照这条法则运算就行了。"

应该说，这位数学老师的回答也是有道理的，数学是基础课，对于还处于初中一年级这个学习阶段的学生来说，最重要的是先要打好基础，而运算法则就是最基本的，只能在打好基础后，等到将来再去弄懂真相。而袁隆平提出的是一个超前的问题，他不但要知其然，还要知其所以然，这是更高的境界了，掌握运算法则的关键在于理解，不但应懂得如何运算，而且要懂得为什么这样算。而在那位数学老师看来，这个过程还真不是初中一年级的学生能够搞懂的，他也就没把有理数乘法讲出让一个初中生足以信服的合理性，而是要袁隆平牢记"负乘负得正"这条法则就行了。但袁隆平觉得这种死记硬背式的牢记实在是"呆记"，他愤愤地想："怎么呆记呢？要讲道理呀，这有理数，简直太无理了！"

代数如此，几何亦如此。老师在教平面几何时，说到在古希腊三大几何难题中，有一个难题，如何用尺规三等分任意已知角。在此之前，人类轻而易举就解决了二等分一个已知角，那么三等分怎么样呢？结果是，连古希腊数学家阿基米德也没有解决这一难题。但袁隆平初生牛犊不怕虎，他觉得这根本就不是什么难题，例如一个九十度的直角，分成每个三十度，怎么不能三等分呢？换了任何一个已知角，即已知的任意角，都可以三等分。事实上袁隆平的这个想法是错的，现已证明，在尺规作图的前提下，此题无解。但问题是，几何老师仍然没跟他讲道理，只跟他讲定理，既是定理，那就必须牢记！就是这一个法则、一个定理、两个牢记，让一个初中生伤透了脑筋也伤了心，他觉得数学没有搞头，从此就对数学更不感兴趣了。

袁隆平也有后悔的时候，后来，他对自己没有学好数学一直追悔莫及，他觉得这是他一辈子最大的遗憾。但他的追悔与遗憾，又何尝不是对教育方式的一种反思。"师者，所以传道、授业、解惑也。"传道、授业，强调的是接受力，而解惑则是对理解力的强调，那些"有问题"的学生，往往就是最用心、最爱动脑筋的学生，每一个老师都应该把他们提出的问题讲透彻，一点一点地消除他们的疑惑，而不是一味地向他们灌输什么，逼着他们去牢记什么。当袁隆平身为人师后，一直特别反对那种死啃书本、死记硬背的学习方式，尤其是如今的应试教育所催生的那种填鸭式教学方式，他觉得就算学生考了高分，当上了"学霸"，也难以成为那种充满了活力、理解力、想象力和创造力的人才，只能是千篇一律、一个模子里倒出来的书呆子。

抗战胜利那年，袁隆平已经是一个十六岁的少年，进入青春期了。

一个孩子的成长，仿佛在不为人知的岁月中发生，连他的父母亲也会觉得突然，这小子仿佛一夜之间就长大了，嘴上长出一层毛茸茸的小胡子了，脖子上长出喉结了，连声音也变了，带着男子汉的深沉了。

1946 年暑假期间，博学中学从重庆迁回了汉口原来的校园，袁隆平随博中迁回汉口时，恰好在重庆初中毕业。他的学生时代是在汉口开始的，他的高中学业也是在汉口开始的。博中占地近二百五十亩的校园，有两个篮球场、三个足球场，还有乒乓球室、游泳池。同重庆博中那些茅草泥房的校舍相比，汉口博中就像天堂一样。长江从重庆流到汉口，河床越来越宽，水势越来越大。袁隆平感觉自己就像一条从嘉陵江游进长江的鱼，在这大江里可以大显身手了。袁隆平在重庆嘉陵江就练出了游泳的好身手，有人把他比作梁山好汉、水浒英雄中的"浪里白条"张顺，张顺在水底可以伏七天七夜，穿梭水面快速无比，就像白条一闪而过，但那毕竟是小说家笔下的传奇人物，袁隆平没有这本事，但他蝶泳、仰泳、蛙泳、自由泳都练过，也不是他摸爬滚打自个儿练，重庆博中有教游泳的体育老师，有时候还会请来专业的游泳教练，对他们进行正规训练。在各种泳姿中，他最得心应手的还是自由泳，这又与他的天性有关了，他天生就喜欢自由。但他这自由泳到底游得怎么样，还得拉出来试试看。

就在博中迁回汉口的第二年，暑假前夕——1947年6月，一个机会来临了。湖北举办全省运动会，先要分区进行选拔赛。袁隆平一听这消息就自告奋勇向教体育的周老师报名，周老师把他浑身上下打量了一番后，摇了摇头。这年袁隆平已经十八岁了，但还未发育成熟，看上去还很瘦小。看看那十来个提前挑选出来的选手，一个个壮得就像鲨鱼一样，袁隆平往他们跟前一站，一下就矮下去一大截，就像一条小鲫鱼，哪是鲨鱼的对手啊！

周老师长得五大三粗，但心还挺细，他生怕伤了袁隆平的心，鼓励他说："你现在个头还太小了，体力不行啊，先回去，再练几年，把身体锻炼强壮了，还有机会！"

这话让袁隆平一听就觉得有问题，他个头小，那是一眼就能看见的，但说他体力不行，你又怎能一眼看出来呢，这不是以貌取人嘛。他没有当场跟周老师争辩，好像还很听话似的回去了。但他心里已暗暗打定了主意，一定要参加选拔赛。只要认准了的事，哪怕只有百分之一的希望，他也要百分之百地努力。这也是贯穿了他一生的性格。

到了预选赛那天，那些挑选出来的选手一人骑上一辆锃亮的自行车，呼呼生风地奔向赛场，那风头，可真是春风得意马蹄疾啊。没承想，袁隆平不知从哪个角落里突然蹦了出来，纵身一跃，就跳上了最后一名选手的单车后架，也跟着一阵风似的飙进了赛场。周老师在点名报数时，才发现多了一个人。他看着瘦小个儿的袁隆平，仿佛看见了一个多余的人，这小子抬头挺胸、腰杆笔直地站在队伍里，那股倔劲儿一下子把他给逗乐了，他也莫名地被感动了。他走过来，拍了一下袁隆平的肩膀说："好，你既然来了，那就试试看！"

那可不是学校的选拔赛，而是整个汉口的预选赛。在这场群雄逐鹿、悬念迭起的选拔赛中，袁隆平就是个小不点儿，谁也不看好他，也没有谁叫喊着他的名字给他鼓劲加油。在这游泳池里，他是一个最孤独的选手，也是一个多余的人。但他游得很放松，整个身心完全放开了，他能听见水在潺潺流淌，甚至能听见自己的血液也在潺潺流淌。他好像不是在跟别人比，而是在跟自己比。结果一出来，众人瞠目结舌，蓦地又发出一片惊呼。一条谁也看不上眼的小鲫鱼，竟然一身轻松地夺得了汉口赛区男子100米和400米自由泳的两个第一名！博中那些像鲨鱼一样强壮的选手，早已被袁隆平甩得不见了踪影，全都被淘汰了。当袁隆平从泳池里爬上来时，周老师又把他上下打量了一遍，凝视良久，仿佛是对这小子的一次迟到的正视，一次重新确认。人不可貌相，海水不可斗量，好小子！他也感到格外庆幸，幸亏他让这小子试试看，要是没有给他这试试的机会，堂堂博学中学，一所名校，在这次选拔赛中就要剃光头了。

这次选拔赛，对袁隆平来说只是小试牛刀，他还有不小的野心，那就是在全省的正式比赛中摘金夺银。这还真不是吹牛皮，在接下来的正式比赛中，他果然夺得了湖北省男子100米和400米自由泳的银牌——不是一块，是两块！

命运的选择

　　袁隆平在汉口博学中学念了一年半高中，由于父亲调到南京任职，为了一家人能够团聚，他于 1948 年春季又转学到南京中央大学附中（今南京师大附中）继续他的高中学业。但他没能按部就班地念完高中，在 1949 年 4 月南京解放前夕就匆促结束了学业，也可谓提前高中毕业。袁隆平刚刚拿到高中毕业证，便追随父亲登上了开往重庆的最后一趟火车。在他的身后，是黑白影像中出现的历史性一幕，几名解放军战士爬上南京那座总统府门楼，扯下那面象征着国民党统治的青天白日旗，一面崭新的红旗冉冉升起……

　　一个时代即将结束，而一个崭新的时代也即将开启。在这个历史转折点上，袁隆平在重庆报考了大学。但他到底选择什么专业，这对于一个未来的农学家来说，也是最关键的人生抉择。袁父觉得学理工、学医的前途应该会很好，战后的中国，百废待兴，一个国家要强大就离不开工业，一个民族要健康就离不开医学。但袁隆平把学农作为自己的第一志愿，这让父母亲都感到十分诧异。袁隆平的母亲对孩子们的想法是从不干预的，但她还是提醒袁隆平，学农很辛苦，那是要吃苦的，还说当农民要下田干活，中国上下五千年，最不缺的就是农民，最苦最累的就是农活。但不管父母亲怎么劝导，袁隆平已经打定了主意，这不是一时的心血来潮。若要追溯他学农的情结，从儿时母亲带他去拜谒神农、老师带他们去参观那个园艺场开始，一粒种子就在他童稚的心里萌芽了。而他从小到大，眼睁睁地看见那么多饥民饿死街头，这让他觉得，农业是造福人类的最直接的方式，吃饭是天底下的第一件大事，只有把庄稼种好了，提高产量，多打粮食，才能让天下苍生吃饱肚子，让世界少一点饥饿。

父母亲最终尊重了他的选择，他如愿以偿地进了私立相辉学院的农艺系。1949年9月上旬，袁隆平刚刚度过二十岁的生日，就背着行囊走进了位于重庆北碚东阳镇夏坝的相辉学院。他在该院的第一学年读的是农艺系。在1950年11月，该院农艺系被整合进一所新型的农业高等学府——西南农学院，袁隆平转入了西南农学院农学系，但他主修的专业一直是遗传育种学。

对于袁隆平一家，重庆是他们的第二故乡，新中国成立后，袁隆平的父亲作为一名旧中国的军政人员，没有追随国民党而去，而是毅然选择留在了新中国，从此一直生活在重庆。而对袁隆平来说，重庆是他流离转徙中待得最久的一个地方，尤其是那一条嘉陵江，这是重庆的母亲河，也是在他的生命里流淌的河流。从小学、中学到大学，他都没离开这条河，哪怕暂时离开了，最终也要回到这条母亲河的怀抱里，嘉陵江的水和他的血脉仿佛是相连的。

那时嘉陵江水还很清，一条如玉带般的河流从校园外蜿蜒流过，而那一个在水中畅游的身影，或顺水而下，或逆流而上，也成了嘉陵江的一道风景。袁隆平那"浪里白条"的名号，从中学带到大学，叫得更响了。那可是名不虚传，1952年春夏之交，大西南地区举办了第一届人民体育运动大会，袁隆平在川东区的游泳选拔赛中轻轻松松夺得了第一名。接下来，他又去成都参加西南地区的大赛。说来，这是一次极有可能改变他人生命运的比赛，在这次比赛里夺得前三名的就有可能入选国家队，代表国家参加国际比赛。

袁隆平虽说把学农作为自己的第一志愿，但这样一个血气方刚、充满活力、对什么都好奇的大学生，第一志愿也未必就是终身志愿，他还具有各种选择的可能性。若能入选国家队去当一名专业运动员，对他还真是极大的诱惑。而诱惑会产生奇妙的幻想，他甚至有些异想天开了，仿佛看到自己挂着世界冠军的金牌，站在世界游泳大赛的领奖台上，一面五星红旗在国歌声中冉冉升起，而那些比他高得多、壮得多的美国运动员、英国运动员都站在了比他更低的位置。那时有一个响彻中国的口号就是"超英赶美"，一个年轻大学生的梦想，又何尝不是当时的中国梦。

然而，袁隆平的这个梦想，很快就化为了泡影。大赛在即，他还是像每次比赛一样，一身轻松，别人在游泳池里苦练，他却悠闲地逛街。那街上的小吃摆起一长溜，一眼望不到头，龙抄手、赖汤圆、老妈兔头、夫妻肺片、三大炮、"一蹦三跳"……又多又好吃。那清鲜、醇浓、麻辣的口味又特别对袁隆平的胃口，他看见了哪样都想尝一尝，结果呢，他吃多了，把肚子吃坏了。到了比赛那天，他的肚子还隐隐作痛，但他还是忍痛参加了比赛。一声号令，选手们一齐跃入水中，袁隆平发挥得很好，又是一路领先，闯进了200米自由泳的决赛。决赛一开始，他又发挥出了"反应快、爆发力好"的优势，在前50米时他竟然打破了世界纪录（秒表显示，袁隆平在此次决赛中的前50米成绩为27秒5，而当时的100米世界纪录为58秒）。他本人当时还没有什么感觉，但在看台上观战的啦啦队见证了这一神奇的时刻，他们也被袁隆平强有力的速度带起来了，一双双挥舞的手臂如同劈波斩浪一般，"袁隆平，加油；浪里白条，加——油——！"然而，在这欢呼声和加油声中，袁隆平的速度却再也加不上去了，而且越游越慢了，他那吃坏了的肚子受了冷水刺激，一阵阵发作起来，已经疼痛难忍了。在最后50米的冲刺阶段，眼看着落在他身后的选手一个接一个地超过了他，他拼尽余力也追不上去了。

真的，就差那么一点点，他的人生命运就彻底改变了，这次决赛的前三名都进了国家队，而他是第四名。如果不是吃坏肚子，他很可能会夺冠，然后被毫无悬念地选入国家队，而经过国家队的专业训练，他的游泳技巧还将有更大的长进，那么世界上有可能就会多一个游泳冠军，而少了一个杂交水稻之父。命运就是那样的奇怪，那样的不可思议，一点点的差距，不仅一个人的命运，乃至整个世界的命运都有可能被改写。

袁隆平没能当上国家游泳队的专业运动员，他觉得这是人生的遗憾之一。而接下来他还有一次改变命运的机会，他差点就当上空军飞行员了。那是在抗美援朝战争期间，1952年夏天，国家要在全国大学生中选拔一批飞行员。一听这消息，整个校园都沸腾了。在那个热血沸腾的年代，谁不想驾驶着战鹰翱翔蓝天啊。当时，西南农学院就有八百多名大学生报名，袁隆平是最踊跃的，他最担心的是老师又把他这瘦小个儿不放在眼里。空军招收飞行员的选拔条件非常严格，每个人要经过三十多项体格检查，体检过程中采取单科、单项淘汰制，一项不过关立马就淘汰出局。体检过关后还要通过心理素质检测关、政治审查关、文化考试关。在激烈竞争中，袁隆平一路过关斩将，顺利闯过了最后一关，那可真是万里挑一啊。一切似乎都没有什么悬念了，全校师生还为袁隆平和几位选拔出来的同学开了欢送会。他们胸戴大红花，虽说还没有穿上军装，但那阵势、那雄壮的军歌声，让袁隆平觉得自己已经是人民空军了。可是第二天，风云突变，他们还没来得及出发就被一律退回了。原因是，那时候国家要把主要力量投入新中国建设，当时大学生很少，从国家战略全局上考虑，暂不从大学生中招收空军飞行员。这对于袁隆平来说，不只是遗憾，而是巨大的失落感，他原本有一次选择天空的机会，最终依然只能选择大地。

就这样，命运给他开了两个严肃的玩笑，结果让他别无选择。那个第一志愿，仿佛注定了，那就是他永远的第一志愿。

他很快就从遗憾和失落中走了出来。他依然是那个活泼开朗、兴趣广泛的袁隆平。他的才艺不仅表现在游泳和各种体育运动上，在音乐上他也颇有天赋。他加入了大学生合唱团，他嗓音并不洪亮，很低沉，而且共鸣音好，同学们又给他取了个外号——大贝斯，那是一种比大提琴更大的低音提琴，是乐队里不可缺少的乐器。他还跟一位来自香港的同学梁元冈学会了拉小提琴。经过一段时间的钻研琢磨，袁隆平发现，掌握小提琴的基本技巧并不难，难在如何抵达那随心所欲、出神入化的境界，如何在这种乐器上注入源于乐曲也源于生命的灵魂。从那之后，小提琴一直伴随了他一生。对他而言，这不只是一件乐器，不只是他的一种业余爱好，更是生命的慰藉和精神的寄托。它能把他带到一个很舒服、很美好的境界，感觉整个身心沐浴在一种忘我的精神愉悦中。

　　尽管袁隆平多才多艺，有各种各样的兴趣爱好和特长，但在他未来一生中起重要作用的还是在大学时代打下了坚实的专业基础。在他敬重的恩师中，就有一位著名的水稻专家——管相桓。管先生毕业于中央大学农艺系，他的老师赵连芳是我国水稻育种和良种推广的先驱之一。管相桓作为赵先生的嫡传弟子，无论在专业上还是在思想上，都受到了赵先生的直接影响。他主持了全川水稻品种的搜集、普查与比较研究，保存了大量水稻品种资源（即现代科学上的基因库），这一基因库所保存水稻品种数量之多为当时全国之冠。从科学贡献看，他在水稻性状遗传方面的研究为当时国内首创，他的成就一直处于当时国内水稻领域的前沿。1945 年管相桓受聘于美国加利福尼亚大学，在新中国成立后，他毅然放弃了美国的高薪厚禄，重返祖国和故乡，成为西南农学院的创始人之一。袁隆平是从相辉学院转入西南农学院农学系的第一批学生，有幸成为管相桓先生的嫡传弟子。袁隆平与管相桓先生的交集，仅为大学时代的短短四年，但管先生对他潜移默化的影响还将在他未来的一生中不断续写，而管先生对他的一个直接影响就与杂交稻有关。他和管先生的交集，也是他人生中至关重要的一次交集，又是中国现当代水稻史上至关重要的一次交集，从赵连芳、管相桓到袁隆平，从近代、现代到当代，这三代中国稻作专家、遗传育种学家构成了一脉相承、薪火相传的师承关系，三点一线，一气贯通。

　　1953 年 7 月，袁隆平大学毕业，被分配到湘西雪峰山的安江农校任教。

1953 年 7 月，袁隆平大学毕业后被分配到安江农校任教。此后，袁隆平踏上了生物科学探索之路，成为杂交水稻育种专家。图为 2010 年 9 月，袁隆平在 21 世纪论坛发表题为《发展杂交水稻，保障粮食安全》的演讲

雪峰山在哪儿？安江农校又在哪儿呢？母亲找出一张地图，手指顺着密密麻麻的细线，从重庆往湘西的方向找了很久，好像要丈量一下其间的距离。终于，母亲在千山万水间找到一个比针鼻子还小的黑点儿。她低着头，脸贴着地图上的那个小点儿，泪水慢慢滑过脸颊，簌簌地落了下来，在地图上洇湿了一片。眼看儿子刚刚走出校门，连翅膀也没有长成啊，就要远离重庆这样的大城市，去那么偏远的一个角落，母亲伤心的泪水怎么也止不住。

她喃喃地说："孩子，你一个人，到了那儿是要吃苦的呀！"

袁隆平也有些伤感，难免还有些迷茫。那是他第一次远离家人，一个人独自上路。从此，他再也得不到母亲慈爱的照顾了，冷也好，热也罢，一切全靠自己了。这一去不知多久才能回家，那种别离的愁绪、游子的惆怅一齐涌上心头。他强忍着泪水，挤出一丝笑意，安慰母亲："我年轻，还有一把小提琴。"

他是背着一把小提琴上路的，一出门，那满眶的眼泪就奔涌而出……

第二章　袁隆平的梦

迷途的羔羊

　　雪峰山，一座因主峰常年积雪而得名的山峰，它的存在如横亘于天地间的一个巨大障碍，以壁立万仞的姿态，将大湘西挡在世界之外。

　　一个独自远行的大学毕业生，在那个孤独而漫长的暑假，经历了半个多月的长途跋涉，终于走到了雪峰山下一个狭长的山坳里——安江盆地。啊，到了！那种抵达的感觉很强烈，一个人仿佛走到了山穷水尽处，一条路的尽头，是一座拱顶的校门，从四面八方扑入眼帘的都是绿汪汪的树木。一阵山风吹得满地树影斑斑驳驳。他下意识地翘首遥望时，一滴水珠落在脸上，让他在一个酷暑季节感到了瞬间的清凉。

　　让袁隆平尤为惊喜的是，这里还有一条江——沅江，那潺潺的流淌声，让他蓦地产生了某种幻觉，还以为是嘉陵江。嘉陵江是长江的支流，沅江也是长江的支流，这两条在山谷中流淌的河流，让袁隆平有似曾相识之感。一条嘉陵江在他的生命中流淌了十二年，而这条沅江将流过他更漫长的人生。看到了这条江，他那深沉而凝重的神情一下就变得活泛了，因为这条江，他一下子就喜欢上了这个坐落于山谷里的学校。

他把行李一放，就奔向江边，一个猛子扎了下去。

袁隆平初来乍到，就挑起了大梁，他既要教植物学、作物栽培等农业基础课，又要教遗传育种专业课，还担任了农学班的班主任。尽管教学任务繁重，但他觉得很轻松、很好玩。论年岁，他比自己的学生大不了几岁，当他跟学生们打得一片火热时，甚至分不清谁是老师谁是学生。学生们很快就喜欢上了这个好玩的班主任。他还真是很好玩，除了上课，就是带着学生拉小提琴、唱歌、打球，还时常带着一帮"旱鸭子"学游泳。有的学生一见水就害怕，腿肚子直打哆嗦，袁隆平笑了起来，他指着那被青山绿树渲染得一片鲜润翠绿的沅江，纵情地叫起来："你们这些旱鸭子，

湖南省安江农业学校校门

沅江掠影

守着一条沅江不敢下水，太没出息了啊，年轻人就要到大风大浪中去锻炼啊，放心，你们谁要溺水了，我保证把你们救出来！"凭袁隆平那"浪里白条"的好水性，这还真不是吹嘘。他上大学时，在嘉陵江不知救起了多少溺水者，后来在沅江里也救过几十条命，不过没一个是他的学生。他的学生由他教着、带着，先在江边的浅水里游，慢慢就掌握了游泳的技巧，一个个就能游向江心深处，越游越远了。

他那把漂亮的小提琴，更是吸引了无数好奇的目光。每天黄昏，从他住的那幢小楼里就会飘出悠扬的琴声，穿过窗外被晚霞照亮的香樟树，随着清风与树叶柔软地起伏着，飘出很远。这个从大城市里来的年轻老师，给这大山沟里贯注了一种新鲜而奇妙的声音。而黄昏总让人充满了一种莫名的惆怅，勾起了他对遥远亲人的思念，还有他对一去不复返的大学生活的回忆。如今，和他一起弹琴唱歌的大学同学已天各一方，而围绕在他身边的则是他的学生们。这些在湘西大山里长大的孩子，在他来之前有的还不知小提琴长什么模样，当他们看到袁老师带来的小提琴，才见识了这"乐器中的王后"是那样的精致与美妙，而最美妙的还是袁老师拉出的琴声。看着他拉琴时那深情而陶醉的样子，围着他的学生也不知不觉如痴如醉、飘飘欲仙，世界上竟有这样美妙的声音，而当你凝神谛听，又不止一种单纯的琴声，还有许多来自弦外的、如天籁一般的声音。

无论是当学生，还是当老师，袁隆平都不是那种抱着书本死啃的角色。他时常跟自己的学生说，不下水是学不会游泳的，不亲自拉一拉琴是

袁隆平住过的青年教工宿舍

学不会小提琴的，不挽起裤腿、打着赤脚走进农田是学不了农的。他把课堂搬进安江盆地的农田，搬上雪峰山。安江盆地是一个物种变异的天堂，要懂得物种如何变异，就要探悉一粒种子的秘密。雪峰山则是一座天然物种基因库，要了解物种的遗传、演变与繁衍，就要探究基因的奥秘。袁隆平所学的专业是遗传育种学，一切生物都是靠种子遗传来繁衍，"春种一粒粟，秋收万颗子"，这一粒种子的好坏，在收成上起到了关键作用，而关键的关键就是基因。我们要追溯探寻袁隆平为什么能成为杂交水稻之父，为什么能用一粒种子改变世界，就要从物种遗传和基因这个关键点切入。打个比方，这是打开杂交水稻众妙之门的第一把密钥。

当时，在遗传育种学上，世界上主要分为两大学派。一派以苏联生物学家、农学家米丘林、李森科为代表，他们坚持生物的"获得性遗传"。它指生物在个体生活过程中，受外界环境条件的影响，产生带有适应意义和一定方向的性状变化，并能够遗传给后代的现象。米丘林根据其"获得性遗传"和环境影响的理论，又提出了关于人工杂交的理论和方法。从米丘林的科学精神看，他是以最大的真诚在追求科学真理，他也一直强调实践并亲自实践，他在自己的试验园里探索了六十年，采用无性杂交、环境引诱、风土纯化等技术，终其一生培育成了三百多个果树和浆果植物的新品种。但不能不说，米丘林学说从一开始就是"跛足的学说"，也可谓一叶障目。由于他没有发现基因（遗传因子）这一先天性的、支持着生命的基本构造和性能的根本存在，他的研究一直没有深入到细胞，只是在作物的外部打转，从外部性状上去了解生物的遗传。其"获得性遗传"理论更准确地说是"后天获得性状遗传"，其人工杂交或无性杂交实际上就是嫁接的方式，即把一种植物的枝或芽，嫁接到另一种植物的茎或根上，将两个遗传性不同的可塑性品种嫁接在一起，使接在一起的两个部分长成一棵完整的植株。如把苹果树和梨树嫁接在一起，就会结出一种有苹果味道的梨子或有梨子味道的苹果。应该说，这对提高作物的产量、改善作物的品质也是行之有效的方式，一直到现在还在广泛运用，但这与现代遗传学意义上的杂交是有本质区别的。它是指通过不同的基因型的个体之间的交配而取得某些双亲基因重新组合的个体的方法。一般情况下，把通过生殖细胞相互融合而达到这一目的的过程称为杂交，而把由体细胞相互融合产生这一结果的过程称为体细胞杂交。

米丘林直到去世时也没有发现基因的存在。李森科作为米丘林的继承者，他继承了米丘林"跛足的学说"，却抛弃了米丘林对科学的真诚，从根本上否定基因的存在，粗暴地宣称基于基因的遗传学是"资产阶级唯心论的谎言和伪科学"。如果说米丘林是一叶障目，李森科则是用双手捂住了自己的两只眼睛。

另一派则是奥地利科学家孟德尔和美国科学家摩尔根等人基于基因的遗传学，也被称为现代经典遗传学。他们不排除生物遗传受外界的、后天的环境条件的影响，但这不是根本因素，在遗传中起根本作用的是其内在的基因。早在 19 世纪 60 年代，奥地利科学家、被誉为"现代遗传学之父"的孟德尔就提出了生物的性状是由遗传因子控制的观点。他揭示了有性生殖的遗传过程（即"分离定律"与"自由组合"定律），这一推理也可谓遗传学上的"孟德尔猜想"。直到 20 世纪初期，遗传学家摩尔根通过果蝇的遗传实验，才得出了染色体是基因载体的结论。1909 年，丹麦遗传学家约翰逊在《精密遗传学原理》一书中正式提出"基因"这一概念。基因，可谓生命中最核心又最玄妙的东西，它一直存在，与生命同在，但在人类发现它之前，它一直处于隐匿的状态，不会泄露一点秘密。一旦它被揭示出来，离开了它一切生命都无法解释。按孟德尔、摩尔根基于基因的遗传学理论（现代经典遗传学理论），基因支持着生命的基本构造和性能，储存着生命的种族、血型、孕育、生长、凋亡过程的全部信息。这一理论也并未忽视环境对生物的影响，并且强调"环境和遗传的互相依赖"，由此演绎着生命的繁衍、细胞分裂和蛋白质合成等重要生理过程，生物体的

生、长、衰、病、老、死等一切生命现象都与基因有关。

通过对这两种学派的比较，可以显而易见地看出其根本性的区别：

米丘林学派强调的是外因，从生物的外部性状出发，从后天的环境影响出发；

现代经典遗传学深入内因，从生物的基因、细胞出发，但不排除外因的影响。

新中国成立后，在相当长的一段时间里，米丘林学派和"李森科主义"就一直是中国生物学和农业科学领域占主导地位的"主题思想"，学术界几乎是朝着他们那一套一边倒。教学不能离开教学大纲，米丘林、李森科的学说是写入了教学大纲的标准答案，而孟德尔、摩尔根的遗传学则被当作"资产阶级唯心论的反动学说"，遭到批判，甚至惨遭扼杀。袁隆平的老师管相桓从美国留学归来，深受现代经典遗传学的影响，是孟德尔、摩尔根的信徒，其实也是科学和真理的信徒，但他在课堂上也只能遵循教学大纲，讲授米丘林、李森科的那一套。出于科学的良知，他比较巧妙地把孟德尔和摩尔根的观点提出来，表面上是"供批判用"，实际上也是给学生传授科学的真理。对于那些只知抱着书本死啃的学生来说，他们未必能够理解管先生良苦的用心。一切只从教学大纲上的标准答案出发的他们，凭着"米丘林、李森科的一套"就能考取高分。而像袁隆平这样一个爱动脑筋、爱提问的学生，则与那些接受能力特别强、成绩全优却不爱动脑筋、没有任何问题的学生有了明显的差别。袁隆平的一只耳朵里灌满了米丘林、李森科的那一套，另一只耳朵里听到了孟德尔、摩尔根的声音。他还利用课余时间阅读了国内外多种农业科技书刊，在广泛的阅读中了解了孟德尔、摩尔根的遗传学观点，并有意识地将他们的学术观点同"米丘林、李森科的一套"进行比较，有了不懂的问题，他就去请教管先生。而管先生也偷偷跟他吐过这样一句真言：米丘林、李森科的学说"只见树木，不见森林；只见量变，不见质变，最后什么都没有"。那弦外之音，就让袁隆平自个儿去琢磨了。

袁隆平一直在琢磨。无论是米丘林、李森科的学说，还是孟德尔和摩尔根的学说，他从不偏听偏信，而是竭尽所能将这两种学说搞清楚，到底谁才是伪科学，谁是真理。袁隆平此时还无法做出判断，只有通过实验，他才能得到答案。

他采集了大量的植物标本，带回学校实验室里镜检。当时，安江农校的科研设备还相当简陋，一台老旧的显微镜，成了袁隆平的第三只眼。除了备课、上课、批改作业，他几乎一天到晚趴在显微镜上，观察细胞壁、细胞质和细胞核等植物内部的微观构造。除了观察，还要切片，制作标本。那时候，连将实验材料切成薄片的切片器械也没有，他只能苦练徒手切片技术。这是一项非常细致又危险的技术活儿，根茎有根茎的切法，叶子有叶子的切法，而针叶、阔叶还各有各的不同。很多体积太小、太软、太硬的材料都很难切片，如果不经数百次、上千次的苦练，就不能熟练地掌握这种徒手切片技术。最重要的是，当你手里夹着锋利的刀片，绝对不能发抖，这需要非同一般的定力，还得有特别坚忍的意志和耐性。当暮色徐徐而来，他也毫无察觉，有时连吃饭也忘了。直到深更半夜，他才揉着红肿发胀的眼睛走出实验室。一个灰色的身影，穿过狭长而漆黑的楼道，消失在暗淡的夜色中。

从实验室到试验田，是农业科学必然要迈出的一步。袁隆平遵循米丘林"获得性遗传"的理论，从红薯开始试验，把月光花嫁接在红薯上。月光花是一种光合作用很强的白色花，袁隆平想要利用其优势来加强红薯的光合作用，提高红薯的产量，增加红薯的淀粉量。当时，安江农校还没有条件搞短日照试验，袁隆平摸索出了一个因陋就简的土办法，他把自己的被单涂满墨汁，用来遮光。很多同学还从未见过这样的稀奇事，以为他走火入魔了。但他们很快就看到了袁老师创造的一种奇迹，他种出来的红薯一个比一个大，最大的一个竟然有十七斤半，大伙儿都惊呼起来："哇，这么大的红薯，红薯王啊！"

袁隆平也兴奋得不得了，看来，米丘林、李森科的学说是对的啊！

他把那个红薯王作为种子，又开始搞第二轮试验，这一次他没有进行嫁接，他试验的目的是想看看这通过月光花和红薯嫁接从而获得优良变异的种子能不能在第二代、第三代遗传下去。但试验结果让他傻眼了，月光花照样在地上开花，地下却不再结红薯了。他还搞过番茄和马铃薯嫁接、西瓜和南瓜嫁接，但在第二代也不能遗传。种子播下去后，番茄还是原来的番茄，地下长不出马铃薯；马铃薯还是原来的马铃薯，上面也根本长不出番茄。南瓜和西瓜嫁接的结果也一样，南瓜还是南瓜，西瓜还是西瓜……

袁隆平再也兴奋不起来了，他又下意识地把手插进头发里摸脑袋了。

从这些试验看，确实，通过嫁接就能长出那些奇花异果。但它们根本不能通过种子遗传下去。这种无性杂交的方式，根本就无法获得优良变异的种子，而不能通过种子遗传下去，就只能一代一代地嫁接。至此，袁隆平不能不信服管相桓先生的那句话了：米丘林、李森科的学说"只见树木，不见森林；只见量变，不见质变，最后什么都没有"。他也领悟了管先生说这话时的弦外之音：由于这一学说忽视了生物遗传先天性的、内在的根本原因——基因，一味强调后天的、外在的环境因素或客观原因，这种人工杂交、无性繁殖，根本就改变不了种子本身，不说一代代遗传下去，实验证明，连一代也不可能遗传下去。袁隆平后来还听说，有一位科学家将老鼠尾巴割掉，以为这样就可以获得性遗传，一只割掉了尾巴的公老鼠和一只割掉了尾巴的母老鼠通过交配，从此就能繁衍出一代代没有尾巴的老鼠。结果呢，他割了几十代老鼠的尾巴，生出的小老鼠还是长着尾巴。这就是老鼠的遗传基因在起作用，你割掉了老鼠外在的那条尾巴，却没有改变老鼠天生就长尾巴的遗传基因，你要想获得没有尾巴的老鼠，那就只能一代一代地割下去。同样，你想要获得一种苹果和梨的杂交水果，也只能一代一代地将梨树和苹果树进行嫁接。但这样的嫁接方式很有局限性，如苹果树和梨树这种大型果树比较容易嫁接，但对小麦、水稻来说，就很难嫁接，那个难度可想而知，如果把一棵一棵的秧苗嫁接在另一种秧苗上，一亩田该有多少棵秧苗，而嫁接又是细工慢活，若要进行大面积嫁接，那该要耗费多少精力和时间？即便能够嫁接成功，那也是一个得不偿失的结果。

袁隆平感觉自己就像一只迷途的羔羊，他搞了这么多年的试验，走了很多弯路，终于幡然醒悟，既然米丘林、李森科的这条路走不通，那就走孟德尔、摩尔根遗传学的路子，那才是真正的科学。若要从根本上开启改良品种的大门，只能通过基因这把密钥。对于此时的袁隆平来说，想要把这把密钥真正掌握在自己的手中，他还要摸索很久。

袁隆平的梦

就在袁隆平摸索着通过基因来培育良种时，一场长达三年的大饥荒降临了。

从接下来的事实看，他的命运，或者说他的人生，就是在这场饥荒中决定了方向。

湘西自古就是穷乡僻壤，年年岁岁闹春荒，挨饿多了，也能饿出经验，只要熬过一段青黄不接的日子，等到下一茬稻子收割了，那饥荒就能缓解了。但从 1959 年春天开始的这一场春荒非同寻常，好不容易熬到入夏，饥荒不但没有缓解，反倒越来越严重，连安江农校的大食堂也无米下锅了，只得给学生放了长假。学生放了假，老师还得吃饭，为了解决老师的饥荒，学校便把试验田分给每位老师，让他们自力更生、生产自救。袁隆平也分了一小块田。从前的科技试验田，就这样变成了养命的土地，为了尽快填饱肚子，老师们也管不得是稻子还是麦子了，什么长得快就种什么。

袁隆平种的萝卜，是长得最快的东西了，可还没等到萝卜长大，他就饿得实在受不了了，急不可耐地把萝卜给拔了。才几个月的时间，他已经饿得连拔萝卜的力气都没有了。他原本就瘦，现在都不成人样了，仿佛一阵风就能吹倒。但再饿，他也从不吃独食，几个萝卜下锅了——清水煮萝卜，他还邀了几个肚子饿得咕咕叫的年轻老师一起来打牙祭。"一斤萝卜四两参"，俗话虽然这么说，但其实哪有那么高的营养。以萝卜当饭，肚子不饱，气饱，感觉总是气胀，反胃，冒酸水，不停地打嗝。但只要能填饱肚子，哪管得了那么多。很快，田里的萝卜就吃光了。萝卜就是再肯长，要等到下一茬萝卜出来，也要两个多月。别说两个月，一餐吃不饱也饿得慌啊。人是铁，饭是钢，哪怕你是一个铁打的汉子，饿你三天，连走路都连连打晃了。袁隆平原本是一年四季都要下水游泳的，哪怕在寒冬腊月、天寒地冻的日子，他每天也在沅江里游来游去，可在那"三年困难时期"，他哪还有气力游泳，连走路都上气不接下气。为了能节省点体能，他只能有气无力地歪在床头，望着悬在墙壁上的那把小提琴长久地发呆，也不是发呆，连脑子都没力气转动了。那小提琴上已结满了蛛网，他已有好长时间没有拉过了，他连拂去蛛网的力气也没有了，一只手颤抖着挨近它，一抖，手又无力地滑下来。他瞪着那把小提琴，牙齿咬得咯吱咯吱响。如果这小提琴可以吃，也早已被它饥饿的主人吃掉了。

当历史进入20世纪60年代初，中央发出了"全党动手，全民动手，大办农业，大办粮食"的指示。在中央文件中，还第一次写下了"民以食为天，吃饭第一"这样朴素而实在的话语。最朴实的道理，往往就是最大的真理。对于吃饭问题，这也是新中国历史上第一次予以最高的强调。随后，中央一声令下，全国各地各级领导机关的大批工作人员和领导干部纷纷深入农业生产第一线，走村串户下农田。袁隆平也带着一批学生走进了雪峰山麓的一个山村，和农民同吃同住同劳动。

那时候的形势虽说有所好转，但还是吃不饱。当袁隆平拖着半饥半饱的身体在村里缓缓走动时，只见一根根多杈的树枝刺向天空，几乎看不见树叶，一路上遇到的都是一脸菜青色的老乡，一看就知道，那是吃多了树叶和野菜。路边上，有些老乡还在啃食从泥土里扒出来的树根。山上的树木伤痕累累，那是被饥不择食的山民啃过的。这些老乡见了袁隆平很热情，张口第一句话就是问："吃了吗?"这是中国人打招呼的习惯方式，千百年来，中国老百姓一直过着饥寒交迫的穷困生活，一见面，关心的第一桩大事就是"吃了吗"。但即便你饥肠辘辘，那些热情好客的老乡也没法招待你吃一顿饭，他们自己也在忍饥挨饿。那段日子，师生们也只能和老乡们一起吃大锅饭。那是一口大得惊人的铁锅，七八十人吃的菜，就放一小杯油在锅里涂抹一下，然后把红薯藤、老茎秆、菜帮子煮成一锅糊糊，老乡们就叫它"糊涂"——看上去真是一塌糊涂。为了把一碗水端平，让每个人碗里的干稀黏稠差不多，还要用长把勺子使劲儿地搅动，在锅里搅成一个漩涡，那乱糟糟的食物在呼呼呼的旋转中，散发出复杂的酸腐味道。但没有一个人觉得刺鼻，每个人都贪婪地把那气味往肺腑里吸。开饭时，锅边围满了人，一个个狼吞虎咽，仿佛在吃最后的晚餐。大伙儿都饿怕了，生怕吃了这一顿就没有下一顿了，这东西总比吃草根、树皮和观音土强吧。这东西能糊糊涂涂地填饱肚子，但没什么营养，吃下去之后肚子撑得鼓鼓的，那复杂的酸腐味道又从嘴里散发出来。

为了补充一点营养，饥饿的老师也时常带着那些饥饿的学生爬到山上去，用尖嘴的锄头挖掘岩缝里的葛藤、蕨根，然后用柴火烤熟了吃。这东西多少还含有一点儿淀粉，吃起来还有一点儿粮食的味道。袁隆平一边吃，还一边给他的学生上课："制造淀粉是植物贮存能量的一种方式，淀粉可以看作葡萄糖的高聚体。"但这东西吃下去后也没有给身体增加什么能量，没有能量就没有热量，过不了一会儿，浑身又开始冒冷汗。啥叫饥寒交迫，这是袁隆平用生命体验过的：越是饥饿，越是寒冷；越是寒冷，又越是饥饿。饥饿的冬天是漫长难熬的，好在大山里缺衣少食但不缺柴火。每晚睡觉前，大伙儿都要围着火堆先把身体慢慢烤热了，再钻进被窝里面去，但烤热的身体在饥饿的状态下，很快又浑身冰凉了。

那三年度日如年的饥荒岁月，让袁隆平一辈子痛心疾首，他说："这件事对我的触动很大，连种田的人都吃不饱，像我们这种学农出身的人能说没有责任吗？"

民以食为天，让老百姓吃饱肚子，远离饥饿，这是一个农业科技工作者的天职。

后来，每当有人向袁隆平提出这样的问题：您为什么要选择学农？为什么要搞杂交水稻？袁隆平总是苦笑着摇头，这样的问题还用回答吗？这是一个根本就不用问，甚至根本就不用想的问题。

但那时候，袁隆平还没有想到要搞杂交水稻。他下乡的任务，就是要以最快的速度搞出一种粮食作物，让老百姓能赶快填饱肚子，度过饥荒。袁隆平第一个就想到了红薯，红薯是生长快、产量高的作物，连红薯叶、红薯藤也可以吃。他在路上就打定了主意，一到村里就开始搞红薯高产试验，饿着肚子没日没夜地干，这是在跟饥饿赛跑。也就两三个月吧，一茬红薯就成熟了，这回，他又种出了大得惊人的红薯，最大的一个竟然二十斤！那山村里的老乡一个个都惊得张大了嘴巴，袁老师种出来的红薯比南瓜还大啊！老乡们也特别感谢袁隆平，他种出来的那一茬红薯救了很多老乡的命啊。

红薯确实可以救命，但只是饥荒岁月中用来果腹的杂粮。无论在南方还是北方，红薯从来都不是主粮。在人们饿得吃树皮、吃观音土的岁月，红薯能填饱肚子，缓解饥荒，一旦度过了饥荒，红薯就成了可有可无的搭头了，一般都是掺在主粮里食用。老乡们说，一天三顿大米饭，一辈子吃不厌，但一天三顿大红薯，没有谁受得了。农民说话粗，如"一斤山芋两斤屎""无米再来煮番薯"，说的就是红薯可以充饥果腹，但是不能长久地当饭吃。

袁隆平住在生产队长老向家里。老向原本是个身强力壮的汉子，那几年闹饥荒，他也饿得慌，瘦得一身皮包骨头，连皮肤下的青筋都能看见。可他那一身骨架子还在，他还是显得那么沉着。袁隆平发现农民中也有很有思想的人，老向就算得上一个。就在袁隆平埋头搞红薯高产栽培试验时，这位勤劳能干的生产队长，比袁隆平看得还远，正一心寻思着如何多打点口粮。在南方农民心中，只有大米才算得上是真正的口粮。他跟袁隆平掏心窝子说，只要再不穷折腾了，让农民能够踏踏实实种田了，他就能带着村里人把一茬稻子种下去，不到半年，一茬稻子就能开镰收割了，一村老少就能吃上大米饭了。

早春季节，一个风雨交加的日子，老向一大早就披上蓑衣出了门。

袁隆平看着那个栉风沐雨的背影，好生奇怪，这风雨天又不能下田干活，老向这是去干吗呢？他站在门口朝外看，在狂风暴雨中，远远看见一个顽强的身影，弯着腰，顶着风，高一脚低一脚地跋涉着。那条弯弯曲曲的山道，也不知通向哪里，而那个身影转过一道山坳，很快就消失得无影无踪了。袁隆平一上午都在为老向担心着。他知道这风雨泥泞的山道有多危险，一不小心就会掉下悬崖。到中午时，老向一身水一身泥地回来了。他把蓑衣脱下后，袁隆平一眼就看见他紧紧地捂着一包东西，揣在怀里，就像揣着一个秘密似的。看老向那一脸的兴奋和神秘，袁隆平越发感到奇怪了。老向把蓑衣包裹着的那一团东西放在饭桌上，一层一层地打开了，竟然是一包稻子。那一颗颗黄灿灿的稻子十分饱满，摸在手里还是温热的。袁隆平好长时间都没见过这么饱满的稻子了，眼里顿时闪烁出惊喜的光芒。老向压低声音说："袁老师啊，这是种子，是我从外村换回来的，那里有一片高坡敞阳田，稻子长得特别好。你看这谷子多结实，我估计一亩能打四百斤！"

水稻亩产四百斤，在当年已经是了不得的收成了。这个产量，哪怕是估计，也让老向喜形于色。他仿佛已经看到了那丰收的景象，一边用那粗糙的大手兴奋地揉搓着刚换回来的种子，一边感叹："种庄稼第一就要种子好，老话说，施肥不如勤换种啊！"

袁隆平心里怦然一动，仿佛打开了心里的一个暗设机关。一个农民也许不懂什么无性繁殖、有性繁殖，更不懂遗传基因、染色体，但他知道一粒种子有多么重要，这让袁隆平意识到了农民的紧迫需要是什么，那就是良种！

老向知道袁隆平在大学里学的、在农校里教的就是育种，他眼巴巴地看着袁隆平，恳切地说："袁老师，你是搞育种的，要是能培育一个亩产八百斤、一千斤的新品种，种一亩田就相当于种了两亩，那该多好啊！"

袁隆平心里又是怦然一动，这话落在他心坎上了，他一辈子再也没有忘记这句话。水稻，良种！这两个关键词加在一起，让他此前还有些茫然的目标，一下变得如此清晰，他知道自己这辈子应该干什么了。

说也奇怪，就在那天晚上，袁隆平做了一个神奇的梦。这个梦他后来跟很多人讲过："我在年轻时做过一个好梦，我梦见我们种的水稻，长得跟高粱一样高，穗子像扫把那么长，颗粒像花生米那么大，我和几个朋友就坐在稻穗下面乘凉……"

水稻王国的哥德巴赫猜想

袁隆平选择了水稻，这无疑是一生中最关键的、具有决定性的选择。

如何才能培育一个亩产八百斤、一千斤的水稻新品种？

这是一个农民眼巴巴地向他提出的要求和希望，他接下来的一生，就要从这里出发。

在走过几年弯路或迷途之后，袁隆平原本有些杂乱无章的思路已经越来越清晰，他不再考虑用米丘林、李森科的无性繁殖方式去改良品种、创造新品种了，一心只想在孟德尔和摩尔根的经典遗传学理论中找到那把神奇的密钥。但他们的学说深奥而复杂，当时的中国还处于被西方国家层层封锁的状态，一个偏远山区农校的老师，几乎与世隔绝，要想借鉴国外的前沿科技几乎是不可能的。他只能在当时唯一能看到一点国际消息的《参考消息》上，捕捉到一些东鳞西爪的国外科技信息。

几乎是在报纸的夹缝里，他看到了这样一则让他惊愕的报道：英国生物物理学家弗朗西斯·克里克与美国分子生物学家詹姆斯·沃森，是一对合作研究的伙伴，他们在剑桥大学卡文迪什实验室共同发现了DNA双螺旋结构，并破译了其遗传密码，这项研究成果获得了诺贝尔奖。这个很容易被一眼掠过的消息，却一下子抓住了袁隆平的眼球。DNA是脱氧核糖核酸（deoxyribonucleic acid）的英文缩写，在细胞内，DNA能与蛋白质结合形成染色体，而染色体就是细胞内具有遗传性质的物体。DNA双螺旋结构的发现，如今已被公认为20世纪生物学研究中最伟大的科学成就。这种与生物遗传变异密切相关的大分子结构，揭示了生命本质的特性，它的阐明使生物学研究进入了分子水平，使人类社会进入了基因时代。基因是解读一切生命的密码，一代又一代的科学家都在探索，这神秘的基因是如何构造出鲜活多彩的生命的。

而那时候，在中国还很少听说"基因"这个词，也很少使用"信息"这个词，科技信息都被称为科技情报。在那个关键点上，外语帮了袁隆平的大忙。他不但精通英语，在大学时代还学了几年俄语，在安江农校还当过一段俄语教师。那时，安江农校只有苏联的少量的科技报刊，这让他能够通过俄文直接地捕捉西方的一些科技信息。他通过捕捉到的极为有限的科技信息，做出了自己的判断：世界科技进展如此神速，国外的遗传学已进入到分子水平，在生物学和遗传育种学上，这已是脱胎换骨的变化，而我们还在搞米丘林、李森科的那一套，什么无性杂交、环境引诱、风土纯化……不能不说，当时中国的科技水平已经被世界远远抛在了后面，甚至是与世界科学潮流背道而驰。

袁隆平在捕捉国外的科技信息时，从一些学报上捕捉到了遗传育种的重要进展。当时，杂交玉米、杂交高粱和无籽西瓜等都已广泛应用于国内外的生产中，这使袁隆平进一步认识到，孟德尔、摩尔根及其追随者提出的基因分离、自由组合和连锁互换等规律，对作物育种有着非同寻常的意义，只要沿着这一方向或路径进行探索，就可以通过杂种优势这一途径获得高效增产的水稻良种。

杂种，在中国用作贬义词，但在科学利用上，有得天独厚的优势。中国有句俗话，"杂种出好汉"。中国古人早就意识到，要避免近亲结婚，如儒家经典《礼记》中就记载了孔子的一句话："取妻不取同姓，以厚别也。"近亲结婚，血缘太近，在隐性基因的作用下，其生育的后代特别容易得遗传病或是基因变异病，很难治愈，而且还容易遗传给下一代，这就意味着必须拉开血缘的距离。而所谓杂种，则是通过远缘杂交所产生的后代，如马和驴都是奇蹄目，马科，马属的哺乳动物，当母马和公驴交配就能生出远缘杂交的下一代——骡子，骡子比其父母亲更健壮，但是没有生育能力，"适于劳役，又耐粗饲"，这是可以被人类利用的杂种优势，也是原始自然的杂种优势利用，至少在两千年前，这一优势就被中国古人利用了。

从理论上看，英国19世纪的生物学家罗伯特·达尔文是科学界公认的杂种优势理论的奠基人。只要提到他，很多人首先会想到进化论，他是进化论的奠基人，其实也是杂种优势理论的奠基人。在他所处的那个时代，

"杂种优势"尚未成为一个正式的科学名词，但他已经提出杂种优势是生物界普遍存在的现象。尤其是在摩尔根通过果蝇实证之后，从最低等的细菌到高等的灵长类动物和人类，无一例外都具有杂种优势。达尔文用了整整十年时间广泛搜集植物界的异花受精和自花受精的变异情况，于1876年提出了"异花受精对后代有利，自花受精对后代有害"的结论，并以自己的实验结果首先公布了自交与异交导致玉米生长的明显差别。简而言之，玉米通过异花授粉，就有杂种优势现象，而自花授粉则没有优势。而从孟德尔、摩尔根的现代经典遗传学理论出发，利用杂种优势提高农作物产量，改良农作物的品质，在20世纪已是现代农业科学的主要成就之一。

在袁隆平发明杂交水稻之前，世界各国的科学家已先后培育出了可推广的杂交玉米、杂交高粱。在世界三大谷物小麦、水稻和玉米中，只有玉米在杂种优势利用上率先得以突破，作为人类主粮的小麦和水稻一直难以在杂交上突破。这是为什么？因为玉米和高粱都是异花或"常异花"授粉作物，"常异花"指既可自花授粉，又能异花授粉，但主要以自花授粉作为繁殖形式的作物，这种作物具有"单一性功能"，要么就是母本，要么就是父本。只要选择两个玉米优良品种的雄花（公花）和雌花（母花）进行杂交，相对容易实现。这也是其杂种优势利用能够率先得以突破的一个自然前提。诚然，在具体实施的过程中，这种杂交方式也很难。同玉米和高粱相比，小麦和水稻就是难上加难。难在这两种作物都具有"双重性功能"，天生就是雌雄同花、自花授粉，在同一株小麦、水稻上是没有公母之分的，也没有什么公花（雄花）和母花（雌花），它们的公母或雄雌在同一朵花里，授粉也在同一朵花里发生，即由同一朵花内的花粉给柱头授粉繁殖后代。这对其杂种优势利用来说，是一个大限。

这里打个形象的比方，生儿育女，必须有父母亲。水稻天生就是雌雄同花的作物，好比一出生就是夫妻成双，两人都忠贞不贰、生死相依，由于他们太亲密了，就像近亲结婚一样，他们生育的后代一代不如一代，像是低能儿。为了让他们生育出更优秀的后代，就必须把这个没出息的原配丈夫给换掉，这和那位生产队长所说的"施肥不如勤换种"不谋而合。去掉这个原配丈夫之后，母水稻（母本）就变成了单身母亲，再给她找个身体更健康、亲缘更远的新丈夫来授粉，这就是杂交水稻，而杂交的目的，就是对其杂种优势进行利用。科学地说，若要水稻杂交，必须先把雌雄同花的"双重性功能"去掉其雄性功能（即"去雄"），将其变成仅有"单一性功能"的母水稻，然后把自花授粉变成异花授粉，这样才能与别的水稻品种进行杂交。

这一科学原理说起来不难，关键在如何去雄上，但要用人工的方式去雄，实在太难了。人工去雄，由来已久，袁隆平之前的先行者也摸索出了各种各样的方式，主要有三种：一是手术去雄，用镊子将花瓣拨开，钳去雄蕊的花药；二是化学去雄，用化学溶液喷施正处于盛花期的母本植株；三是用温汤去雄，其具体操作是在水稻开花当日上午杀雄授粉，由于水稻的雌雄蕊对温度的感应不同，雌蕊的耐温力远大于雄蕊，将稻穗放入45℃左右的温水中浸泡八到十分钟，用这样的方法消除雄蕊花药的活力，花粉就会完全丧失萌发能力，而雌蕊则不受影响。大凡人工去雄，原理不难，科技含量不高，难在那个具体操作的过程。由于水稻一朵花只结一粒种子，几十、上百粒种子结成一穗，几穗乃至十几穗合成一株，一亩田获得的母本（母水稻）极为有限，微不足道，根本不可能在生产上大面积推广应用，这也使得水稻的杂种优势利用一直裹足不前，难以从根本上得到突破。这一难题能否最终攻破，也就成了水稻王国的哥德巴赫猜想。对此，美国著名遗传学家辛诺特等人在《遗传学原理》一书中，做出了比证明哥德巴赫猜想更令人绝望的判决，该书明确指出，水稻、小麦等自花授粉植物"自交无退化现象，杂交无优势现象"，即"无优势论"。退一步说吧，就算能利用水稻的杂交优势，也只能做出试验品，必然会出现制种困难、无法应用于大规模生产的问题。一旦有人还想在这方面进行实验，只会遭人嘲笑，"提出杂交水稻课题是对遗传学的无知"。

这一论断，等于对水稻的杂种优势利用提前判了死刑。

这里不妨假设一下，假如有人突破了这一个大限，攻克了水稻杂种优势利用这一世界性难题，那无疑将是人类历史上一个划时代的伟大创举，这个人也必将成为当之无愧的"杂交水稻之父"。这伟大的创举和崇高的荣誉，轮得上袁隆平吗？袁隆平何许人也，一个偏远大山里的普通农校教师，在那时，如果他提出杂交水稻课题，那不只是"对遗传学的无知"，简直是在开国际玩笑！

袁隆平很有自知之明，他也深知，在科学探索之路上，"无知者无畏"是绝对行不通的。无论是在理论上还是在实践中，突破这个大限，对人类智慧和科研水平来说，都是极高的挑战。然而，他并未对这个世界级的难题望而却步，一是他对这个课题充满了兴趣，他从小到大都是跟着兴趣走；二是这么多年来经历的饥荒岁月，让他渴望寻找到一粒使人类远离饥饿的种子。他很冷静地把先行者的探索梳理了一遍，得出了一个基本的结论：若靠人工去雄的方式，这条路是走不通的。他很善于用排除法，此前，他排除了米丘林、李森科的那一套，如果不提前排除这一"权威理论"的障碍，他接下来在杂交水稻探索之路上必将走投无路，任他左冲右突，也只能从一个死胡同钻进另一个死胡同。

排除，是为了选择。他弯道超车，直接超越了很多还在米丘林、李森科那条道路上徘徊的执迷不悟者。现在，他又排除了人工去雄这条路。然而，他还无从做出选择，在当时，他还看不见任何可能的路径，但他已经隐隐感觉到了一个方向，那就是从水稻的天性中去找，从水稻的基因或遗传密码中去找。他深信那把密钥是一定存在的，只要找到了，就能打开水稻王国那扇玄妙之门。

尼采的启示

　　尼采说过一句名言，一切美好的事物都是曲折地接近自己的目标。

　　袁隆平儿时就在母亲的影响下，开始阅读尼采。而一个哲学家的伟大洞见，在他而立之年后才有了更深刻的体验和启示。在茫茫稻海中，若要寻找到一粒非同寻常的种子，那个寻找的过程，是极其艰难而渺茫的，但袁隆平坚信，只要持之以恒地沿着这条路走下去，一定会曲折地接近自己的目标。

　　袁隆平坚持走下去的这条路，就是通向稻田深处的路。每年6月下旬到7月上旬的那段时间，正是水稻从抽穗、扬花灌浆到稻子成熟的季节，也是一年之中最热的时节。水稻是喜光作物，只有在充足的光照下才能生长健壮，光照与光质的不同决定着水稻生长的快慢、生育期的长短、开花结实的好坏以及产量的高低。这就决定了，若要观察水稻生长的情况，就必须在正午阳光直射下去观察。

　　那些日子，每天上午一下课，袁隆平就挎着一个水壶，揣着两个馒头下田了，这俩馒头就是他的午饭。他一手拿着放大镜，一手拿着镊子，不光要观察稻子抽穗、扬花和灌浆的情况，等到稻子成熟时还要开始选种，拣穗子大、籽粒饱满的选。为了不影响观察，他连草帽也不戴，光着头，在火辣辣的太阳长时间炙烤下，他身上的每一个毛孔都晒得冒烟，那是被烈日蒸发的汗气。他赤脚踩在水田里，觉得那水更热。烈日蒸腾起一股股炙人的热浪，稻田里的水像是烧开了，在他的脚下冒起一串串咕咕响的气泡，那些嗜血的蚂蟥穿过气泡悄然地游了过来，有时候七八条蚂蟥趴在他

安江农校纪念园

腿上吸血，他也浑然不觉，依然全神贯注地观察着。远远地看过去，那浮现在稻田里的半截身体和那个被太阳晒得通红的低垂着的脑袋，几乎紧贴着稻穗在缓缓挪动。

　　他一次次地俯下身子，挨近稻穗，仿佛在倾听花开的声音和稻子的呼吸。那绽开的稻花一般人是难以看清的，它太小了。为了看清楚一朵稻花绽放的过程，他弯腰弓背，长时间站在稻田里一动也不动。这时候，连农民都要回家歇晌了，有的农人从他身边走过，还以为他是个插在泥土里的稻草人。但冷不丁这稻草人又动了一下，把人吓一跳。为了挑选到好的种子，他一穗一穗地挨着寻觅，连眼皮也不敢眨，生怕一眨眼就把一粒好种子给漏掉了。每次看到一株长势良好的水稻，他就会拿放大镜去观察稻穗，放大镜被太阳晒得反光，射在他的脸上，特别刺眼。那稻芒很扎眼，当袁隆平弓身低头挨近稻穗时，一不小心就会被稻芒扎伤眼睛，那是尖锐而又微小的伤害，看不见伤口在哪儿，看得见的只有一双红肿的眼睛和两串眼泪。

那时候，袁隆平还没有助手。在外人看来，他就像一个人在烈日下一意孤行。当一个人处于孤立无援的境地，有时候也会表现出一种独特的优势，更容易开启自己的全部感官，全身心地调动自己的智慧和洞察力，往往会有更独到的发现。尽管孤独一人行走在稻田间，但袁隆平一点也不感到寂寞。在他眼里，这每一株稻禾、每一朵稻花、每一粒稻子都是有生命的，他和这么多活生生的生命簇拥在一起，他想探究每一个生命的秘密。

那是一个缓慢而又漫长的寻找过程，时间一长，脖子酸得抽筋，腰都直不起来了，每走过一块田他就要捶一捶腰。袁隆平就这样一天一天地坚持着，直到太阳落山时，他才一边擦汗，一边看着天边的火烧云，洗脚上岸。

日复一日寻找，他越来越接近一个"刚果布"式的形象。那也是一个标志性的形象，一个又黑又瘦的身体，在烈焰下炼得筋骨烁亮，从皮肤到骨骼里仿佛都渗透了阳光，尤其是脸孔，简直像是烧透了又上了一层釉的黑陶，但有棱有角，很有点刚劲的味道。他那模样也实在太黑了，黑黢黢的，当夜幕降临，黑得都见不着人了，而他，只有两只眼睛在闪烁。而当第二天太阳升起，他又一如既往，挽起裤腿下田了。一天，又一天，每天乘兴而来，又无功而返。

1961 年 7 月的一天，时值农历六月，袁隆平上完下午的课程后，像往常一样，在夕阳下走进了安江农校的水稻试验田，挽起裤腿在稻田里察看。袁隆平看着即将开镰收割的稻子，像农人一样心里充满了丰收的喜悦，但这些稻子并没有什么特别之处，并没有给他带来太多的惊喜。眼看太阳又将落山，袁隆平又将无功而返了。然而，一个神奇的瞬间突然出现了，袁隆平的一双眼睛睁大了，在他眼里出现的是一株形态特异的稻禾，比别的稻子高出了一头。在一片普通的稻田里，竟然长出了这样一株稻子，简直是鹤立鸡群啊！

那一瞬间，袁隆平的心在狂跳。还有什么比这更神奇的发现呢？冷静，冷静！袁隆平慢慢地吸了一口气，先让自己冷静下来，才走近那株稻禾，蹲下身子，仔细察看。他发现这的确是一株非同一般的水稻，株型优异，尤其是那十多个有八寸多长的稻穗，穗子大，谷粒多，每一粒都结实饱满。他把稻子仔细地数了一遍，竟然有二百三十多粒。他不敢相信，又数了一遍，没错，二百三十多粒。他又数了数旁边的一株普通稻穗，稻子只有这特异稻株的一半呢。这让他的心又惊喜地跳了起来，如果用这株稻子做种子，就可以增产一倍呀。如果全中国、全世界的稻田都种上这样的稻子，中国和世界的水稻产量就可以增产一倍啊。这就是一粒有可能改变世界的种子啊！

这神奇的发现，让袁隆平如获至宝，他给这特异稻株取了个名字——鹤立鸡群，又用一条布带做了记号。到了开镰收割时，他把"鹤立鸡群"的稻子与别的稻子小心翼翼地分开。这些稻子，他打算都留作来年试验的种子。作为种子，这是一粒也不能混淆的。

又一个春天来临，这是一个让袁隆平期盼已久的春天，他在一个阳光明媚的日子把"鹤立鸡群"的种子播种在试验田里。自从播种之后，他更是牵肠挂肚，几乎天天往稻田里跑。每天观察啦，施肥啦，灌水啦，除草啦，杀虫啦，那种兴奋喜悦而又充满了期待的急切心情，就像是一个等待孩子降生、望子成龙的父亲。谢天谢地，这年风调雨顺，在袁隆平的精心培育下，一株"鹤立鸡群"的种子经过发芽分蘖之后，变成了一千多株。袁隆平心想，这一株"鹤立鸡群"繁衍到第二代就变成了一千多株"鹤立鸡群"，繁衍到第三代，那就要用一千乘以一千来计算，那就是一百万株了，到了第四代、第五代以至无穷，那就是天文数字了。如果每一株稻禾都像第一株"鹤立鸡群"一样，能比普通稻禾结出多一倍的稻子，哪怕打点折扣，也将创造世界粮食史上的伟大奇迹啊。但他渴望的奇迹没有出现，当禾苗开始抽穗时，没有哪一株有它们老子的模样，抽穗早的早、迟的迟，高的高、矮的矮，参差不齐，袁隆平傻眼看着，眼里一片错乱。俗话说"种瓜得瓜，种豆得豆"，可这些稻禾，怎么一点也不像它们老子那样有出息呢？

从 1961 年夏天发现"鹤立鸡群"的欣喜若狂，到 1962 年夏天"鹤立鸡群"出现这种结果的令人绝望，强烈的反差，让袁隆平整个人都傻了。他一屁股跌坐在田埂上，一直呆呆地望着那些高矮不齐的稻株，脑子里只有一个问题在反复打转：为什么会这样？为什么会这样？冷静，冷静！他在狂喜时这样告诫自己，他在绝望的追问中，也这样告诫自己。在冷静地思考了一阵后，一个灵感蓦地闪现。这个灵感就来自他一直没有掌握的那把密钥，是的，在一个关键时刻，孟德尔、摩尔根的现代经典遗传学理论帮了袁隆平的大忙，按基因分离定律来分析，水稻是自花授粉植物，纯种水稻品种第二代是不会出现分离的，只有杂种第二代（F2）才会出现分离现象，分离比例为三比一。这就是说，眼下这些"鹤立鸡群"的第二代，长得这样参差不齐，很可能就是出现了基因分离现象，而第二代出现了分离现象，又可反证它们的老子"鹤立鸡群"原本就是一株天然的杂交稻株！此时，袁隆平还没有十足的把握，但他两眼又开始闪烁出惊喜而兴奋的光芒了。他对上千株"鹤立鸡群"第二代的稻株进行了反复统计计算，其高矮不齐的分离比例正好是三比一。

这个结果验证了袁隆平发现的"鹤立鸡群"特异稻株的确是一个神奇的发现，比他最初的感觉更神奇。

这个结果也验证了孟德尔的分离规律真是太神奇了！

这个结果也再次验证了尼采对这一过程的奇妙描述：一切美好的事物

都是曲折地接近自己的目标。

从尼采的启示到一株天然杂交稻的启示，袁隆平进一步明确了自己的探索方向：既然有天然杂交稻存在，那就有利用天然杂交稻的自然规律培育出"人工杂交稻"的希望；既然那株"鹤立鸡群"天然杂交稻长势这么好，这就充分证明了水稻的杂种优势是可以为人类利用的。只要继续钻研下去，就能揭示出水稻杂种优势利用的奥秘和规律，那就是从根本上找到杂交水稻育种的另一个突破口，也是袁隆平脑子里浮现出来的另一条路：如果能找到一种天然不育的、具有单一性功能的母稻（母本），即雄性不育系，将母本与其他的品种混种在一起，这样就能生产出可以大面积推广应用的杂交水稻种子。

用袁隆平的话说，这对于他是"决定性的思考和选择"。

后来有人说，"一次偶然的发现，让一个泥腿子专家撞上了大运"。

说这话的人不知道会不会脸红，如果不是别有用心，那也是对科学探索无知又缺少尊重的外行话。一个农业科技人员，必须像泥腿子农人一样赤脚下田，但这样的泥腿子不是一般的泥腿子，而是一个术业有专攻的遗传育种科研人员。袁隆平也自称泥腿子，但绝非像某些人所说的那样，是一个碰巧撞上了大运的"泥腿子专家"。追溯人类历史上的每一个重大发现，看似有很多偶然或运气的因素，甚至是巧合，如"芝麻掉进针眼里"，其实在这偶然或巧合的背后，无不是苦苦求索的结果。说一个最经典的例子：当一只苹果掉在牛顿的脑袋上，让他灵机一动，发现了万有引力定律。但发现只是第一步，他必须凭借他超神的数学能力来一步一步证明物体（质点）间由于它们的引力质量而引起的相互吸引力所遵循的规律，从而揭示出其本质的规律，这才最终成为自然科学最伟大的成果之一。假如那只苹果不是落在一个正在冥思苦想的物理学家头上，而是落在一个对物理或力学没有长时间的知识积累、没有深入思考的人的头上，落在了一个科学门外汉的脑袋上，不但发现不了万有引力定律，而且会把那个倒霉而又无知的脑袋给砸伤了。

袁隆平绝不是第一个见到天然杂交稻株的人，天底下也绝不止一株天然杂交稻，但他却是第一个找到其本质规律的人。如果他不走出米丘林、李森科那条迷途，如果他不深入钻研孟德尔、摩尔根的遗传学理论，掌握基因分离定律，就算一株天然杂交稻长在他眼前，他也不认得，更不可能找到其本质规律。这也符合他总结出来的那个公式：知识+汗水+灵感+机遇=成功。而他尤其看重灵感。在某种意义上，他甚至是一个艺术家，他曾说过："艺术创作要有灵感，灵感来了，一首曲子哗哗哗就流出来了。

安江农校果园

我们科研也有灵感，一定不能害怕失败，恰恰在失败中会产生灵感的火花。"由此可见，他对艺术的理解已跨越了艺术的边界，给他的科研也带来了源源不断的灵感和意想不到的启迪。

第三章　追逐太阳的人

天然雄性不育株

　　从理论上讲，袁隆平接下来要寻找的目标已经越来越明确了，既然有天然杂交稻株存在，那就一定有天然雄性不育株存在。这是可以反证的，如果没有天然雄性不育株，就不可能有天然杂交稻株。

　　何为天然雄性不育株？用科学术语说，指雄性器官功能丧失，但雌性器官仍可授粉结实的母本，也就是说，它天生就具有单一性功能。前边说过，水稻是雌雄同花、自花授粉的植物，就像一对亲密无间的夫妻，当丈夫的患上了不育症，妻子还是健康的，若要生儿育女，那就要给她寻找一个具有生育能力的健康丈夫。对于水稻本身而言，这种天然雄性不育株是病态的、有缺陷的，但对于人类则是稀世珍宝。杂交水稻为什么先要去雄，就是要去掉那个平庸的、没出息的"丈夫"，给它找一个更好的"丈夫"，而有了这么个天生就丧失了雄性功能、患有不育症的"丈夫"，就不用进行极为烦琐的人工去雄了，只需给它找一个特别优秀、特别健壮的"丈夫"来授粉，注入优良的遗传基因，其后代就从根本上得到了改良和

安江农校试验园

优化。这样的种子既能大幅度提高水稻产量，又能改善稻米的品质，这就是杂种优势利用。

然而，这还只是袁隆平的一个科学猜想，天然雄性不育株也仅仅只是理论上的存在。

追踪袁隆平寻觅一粒种子的历程，一如尼采所说，他一直在曲折地接近自己的目标。那个目标仿佛近在眼前，又远在天边，诚如牛顿说出的那句名言："真理的大海，让未发现的一切事物躺卧在我的眼前，任我去探寻。"且不说真理的大海有多大，那一眼看不到尽头的稻海，也浩如烟海，他要在成千上万的稻田中找到天然雄性不育株，比大海捞针还要难。更何况，这样的稻株还仅仅只是他的一种科学猜想，他连它到底长什么模样也不知道。他也不知道这样的天然雄性不育株此前有没有人发现过，有没有先行者的经验可以借鉴。当时，在安江农校能看到的这方面的科技书刊很少，什么天然杂交稻株，什么天然雄性不育株，更是绝对的空白，这让袁隆平感受到了另一种强烈的饥饿。

袁隆平又怀念起大学时代的生活来，有什么问题随时可以向管相桓先生请教。他原本也想回母校去找管先生，可一打听，管先生由于"兜售孟德尔、摩尔根的谬论"，被人揭发后打为"右派"，如今不知发配到哪里去了，一时联系不上。袁隆平又想到了一个人，那是管先生很推崇的一位著名作物遗传育种学家——鲍文奎。鲍先生于 1950 年获得美国加利福尼亚理工学院生物系博士学位，为了报效祖国，鲍先生推辞了美国科研机构的高薪聘请，回到中国搞小麦研究，是中国农业科学院的创始人之一。

1962 年夏天，袁隆平取出了原准备买单车的一百多块钱作为路费，又换了十多斤粮票，利用暑假自费去北京拜访鲍先生。说来，他这一趟北京之旅，还真是有些冒冒失失。此前他从未见过鲍先生，想要提前联系，那时打电话很不方便，写信呢，一封信寄到北京要十天半月，即便鲍先生在收到信的第一时间回复，他收到回信时一个暑假都差不多过去了。袁隆平等不及了，只能冒冒失失地上路了。那时从湘西到北京没有直通车，一路上汽车转火车，又从湘黔铁路转到京广线，袁隆平花了四天多时间才辗转抵达北京，下车时腿脚都有些浮肿和麻木了。刚下车，他就直奔中国农业科学院，几经周折，他终于找到了鲍文奎先生。

在农业科学领域，鲍先生可是大名鼎鼎、德高望重的大人物，袁隆平这样一个默默无闻的普通农校教师，灰头黑脸的，就像一个顶着稻花进京的农民。虽然两人地位悬殊，但鲍先生却不是那种高不可攀的大科学家，对袁隆平这个"不速之客"，他特别亲切、和蔼。一见面，袁隆平就感觉到了一副蔼然长者之风，这让他那惴惴不安的心，一下子变得平静了。

袁隆平是带着满脑子的问题和想法来的，他不怕一个大科学家笑话，先从自己的疑惑说起，当他说到米丘林、李森科的那一套是机械唯物主义的时候，鲍先生把手猛地一挥，很干脆地说："连机械唯物主义都算不上，那是主观唯心论！"这句话，让袁隆平一下子就感受到了鲍先生对于科学、对于真理的坦诚。那时中国生物学界、农科领域全盘向着米丘林、李森科的学说一边倒，把孟德尔、摩尔根的学说作为资产阶级唯心论的反动学说，但鲍先生没有任何顾忌，他指出了米丘林学派的缺陷，痛斥了李森科那一套的荒谬，那不是尖锐，而是犀利，袁隆平脑子里的种种疑虑迎刃而解。当袁隆平把自己研究杂交水稻的想法和困惑说出来后，这位大科学家对一位普通农校教师试图攻克世界级难题的设想，不但没有丝毫小瞧的意思，而且非常赞赏："好哇，这个太好了，你的大方向是对的，搞杂交水稻的研究，是洞悉生命的本质，推动生命的进程，是培植人类文明的事业。从事这样的事业，是生命的价值所在。"告别时，鲍先生又握着他的手勉励他，在科研上要敢于大胆探索，还特别指出"实事求是才是做学问的态度"。

袁隆平这次北京之行，还有一个重要收获，在鲍先生的帮助下，他在中国农科院图书馆阅读了很多专业书刊，这也是袁隆平此行的另一个目的。若要找到杂种优势利用方面的理论依据，在国内，还没有哪个地方赶得上中国农业科学院。这里有不少从国外原版进口的英文书刊，这些书对于一个远在湘西的农校教师来说，当时是根本无法读到的。对于一个几乎与世隔绝的农校教师来说，打开一本书就像打开了一个世界。尤其是那些处于世界遗传育种学科前沿的著作，让他破解了一个个理论上的疑团，他边读边记，既怕读慢了，一本书没读完天就黑了，又怕读快了，把那些最关键的字眼给漏掉了。

袁隆平觉得这个暑假过得实在太快了，眼看就要开学了，他才匆匆赶回学校。归来的路，依然是一路辗转，依然是风尘仆仆，但师生们看见了袁隆平，感觉他就像换了一个人，一双眼炯炯有神，连走路也感觉信心陡增。还有人好奇地问他从首都带来了什么好东西，其实袁隆平连一根纱线也没买，但他为自己此前的设想找到了科学根据，为自己接下来的路找到了理论上的支撑。至此，他已经坚信，只要沿着自己设想的路一步一步走下去，杂交水稻研究是一定能够成功的，或迟或早，只是时间问题。但他眼前的一个技术难题仍然悬而未决，他在中国农业科学院也没有查找到水稻天然雄性不育株的资料，很可能，这还真是当时的一个科学空白。鲍文奎先生是专攻多倍体小麦研究的，也需要运用杂交技术。鲍先生一直以来也是采用人工去雄的方式，先把母本小麦、父本黑麦同时播种，但无论母本父本都是雌雄同花，待到翌年春天小麦扬花时，再把母本小麦的雄蕊去掉，采集黑麦花粉一株株给去掉了雄蕊的母本小麦授粉，经过人工杂交，才能结出小麦和黑麦的杂交品种。这种通过人工去雄杂交培育出的小麦新品种，还不是真正意义上的杂交小麦，在科学上定义为多倍体小麦。直到今天，杂交小麦仍未取得根本性的突破。

袁隆平心里十分清楚，若要效法鲍文奎先生搞多倍体水稻，以鲍先生在中国农业科学院所拥有的科研条件、科研团队推断，他袁隆平要想靠一己之力和一所中等农校简陋的科研设备，几乎是不可能完成的。他别无选择，只能继续寻找天然雄性不育株，培育出不需要人工去雄的杂交水稻。

在人生与科学的抉择中，袁隆平已经不止一次被逼到这种别无选择的境地，而那唯一的选择往往就是最终的、最正确的选择。从1961年发现他生命中那株神奇的"鹤立鸡群"到1964年夏天，他已经在茫茫稻海中找了四年了。他也不知道自己还要找多久。他对自己那运动健将的体魄一向是很自信的。然而，在发现天然雄性不育株之前，他就发现自己得了肠胃病。这是在饥荒岁月埋下的病根，又加之长年累月在稻田里跋涉，饥一顿饱一顿，冷一餐热一餐，哪怕再健康的身体，也经不起这样的折腾。后来，有人描写他在稻田里累得昏倒的经历，他一直矢口否认。但有一次，他还真是有些顶不住了，那是烈日当空的时候，他却感到浑身发冷，冒冷汗、打冷战，在跨过一道田埂时，一双腿软得就像踩在棉花上，他身子一晃，倒在了稻田里。当时，幸亏他的一位学生跟着他，赶紧把他扶到田埂上歇息。是的，他确实摔倒了，但没有昏倒，当时他的神志还很清醒，他微闭着眼睛歇息了一会儿，又一挺身子站了起来，拿着放大镜继续搜寻。他比谁都清楚，天气越是炎热的时候，水稻开花越是最盛，这正是观察和寻找的最佳时机，他怎么能坐得住啊。

那已是袁隆平自入夏以来苦苦寻找的第十四天了，太阳几乎处于直射的状态，一道耀眼的闪光透过放大镜反射在他手上，他感到一阵阵火烧火燎的灼痛。但他还有另一种感觉，那是一种本能的直感，他正朝那个依稀可见的事物走去，仿佛远在天边，又似乎近在眼前。

一切仿佛是精心又偶然的安排，又一个神奇的瞬间来临了。

眼前，一株性状奇特的稻株正如特写般地放大、放大，袁隆平的眼睛也睁得越来越大了，那眼珠子又一次闪烁出兴奋的、奇异的光芒。这就是他打着灯笼、火把找了四年的天然雄性不育株吗?! 他不敢相信，那稻花实在太小了，他拿着五倍的放大镜一点一点地观察，千真万确! 那雄性的花药干瘪萎缩，在该绽放时却没有开裂，没有开裂就没法给雌蕊授粉，这是天然雄性不育株的病症之一。袁隆平一直弓背弯腰地站在那儿，那黝黑而瘦削的脸颊几乎贴着稻花，好半天，他一声不吭，像是使劲地忍着什么，但他手里的放大镜在微微颤抖。

那是一个必将载入杂交水稻史的日子，而第一个历史记录者就是袁隆平的"贤内助"邓则，在袁隆平还处于"孤军奋战"的那段岁月，妻子邓则就是他在田间的最重要的助手。袁隆平一直使劲地忍着的泪水，从他妻子眼里纵情地流了出来。

在田间观察笔记上，她热泪盈眶地留下了这样的记录：

发现时间：1964 年 7 月 5 日，午后 2 时 25 分
发现地点：安江农校水稻试验田

水稻品种：洞庭早籼

后来有人测算过，在普通稻田里找到天然雄性不育株的概率，约为三万分之一，甚至是五万分之一。

在这一页浸透了汗水和泪水的纸上，袁隆平书写了中国杂交水稻发展史的第一页。这页纸如今虽已变成了发黄褪色的档案，但那字迹、汗渍和泪痕依然清晰。这一发现实在太重要了，这里还是采用严谨的科学术语来叙述："1964 年，袁隆平在安江农校'大垅试验田'洞庭早籼稻田里发现天然雄性不育株，从此迈出了关键的第一步，在中国首创水稻雄性不育研究。"

回顾袁隆平这些年的探索，他在摒弃米丘林、李森科的那一套后，选择了孟德尔、摩尔根的遗传学，认准了基因这把伸入生命的本质、开启水稻王国众妙之门的密钥；他在发现"鹤立鸡群"天然杂交稻株及其第二代出现的分离现象后，又做出了自己"决定性的思考和选择"；而现在，他终于找到了水稻天然雄性不育株，从而在杂交水稻探索之路上迈出了关键的第一步。

吃饭比上天重要

袁隆平找到了第一株水稻天然雄性不育株，它长在稻田里是稻子，到了科研工作者的手上，就称为材料、科研材料、试验材料。科学是非常严谨的，所有的试验，仅凭个案或孤证不足以证明，还必须找到更多的雄性不育株来加以证明，反复验证。

袁隆平深信，既然有了第一株，那就绝对不止一株，找，继续找。在1964年、1965年两年里，袁隆平和妻子邓则，加上他所带班级的几个学生，一人拿着一只放大镜，一株一株地挨个检查了几十万株稻穗。若把这几十万株稻穗挨着平铺在地上，足有数公里长。功夫不负有心人，他们在洞庭早籼、胜利籼、南特号、早粳4号等四个品种中，又找到了五株天然雄性不育株，连同第一株，一共找到了六株。

经过对比观察，袁隆平把这六株天然雄性不育株分为三种类型：

从胜利籼中发现的两株天生就没有花粉，为无花粉型完全雄性不育；

从南特号中找出的两株，其雄性器官发育不完善，花药细小，黄白色，全部不开裂，为花粉败育型完全雄性不育；

从洞庭早籼、早粳4号中分别发现的两株，由于其花药高度退化，不能形成正常的花粉，为花药退化型不育株，基本上不育。

这六株稻株各有各的不同，但有一个共性，都是具有单一性功能的母水稻或"女儿稻"，丧失了水稻自花授粉的功能，不能自身繁殖，需要借助外来水稻花粉也就是异花授粉才能结出种子，繁殖后代。这正是人类对水稻杂种优势利用的空间，它们不仅将孕育出新的种子，还孕育着将被人类利用的巨大价值。在接下来的试验里，袁隆平先要给它们找"丈夫"来配对，也就是利用更优良的水稻品种来与其进行杂交，培育出雄性不育系。这里又有一个在科学上不能混淆的概念，天然雄性不育株和人工培育的雄性不育系是有根本差别的。人类可以用天然雄性不育株作材料，培育出雄性不育系，也就是用人工培育出一系列的母本，这样就不用去反复寻觅那极其渺茫的天然雄性不育株了。

这个培育的时间又要多久呢？袁隆平当然希望是越快越好，但一粒种子从生根、发芽到分蘖、抽穗、扬花、结实，是一个缓慢得令人望眼欲穿的过程，想快也快不了。那六株雄性不育株的生长期又是不一样的，有的成熟早，有的成熟晚。对那些成熟比较早的，他于发现的当年就将部分种子进行翻秋播种，其余的种子则留待第二年春播。经过连续两年的翻秋与春播，袁隆平采用人工授粉的方式，让它们结出了数百粒第一代雄性不育的种子，但只有四株繁殖了一至二代。这每一粒种子都十分金贵，只能进行盆栽试验。搞科研需要精密仪器设备，别说精密仪器了，他连最基本的科研设备也没有。他是自主自发地搞科研，没有科研经费，也没有专门的科研时间。时间都是在他干好本职工作后，忙里偷闲挤出来的。一有空，他就往试验园里跑，记下一个个观测、试验数据和田间档案。随着雄性不育株的不断繁殖，到了第三代，原来的坛坛罐罐已经不够用了，还需要增加六十多个，但安江农校既拿不出这么多盆子，也没有这笔经费，若要增加坛坛罐罐，只能自费购买。他去一家杂货店问了价，那盆子也不贵，才一块多钱一个，他算了一下，六十多个盆子得七八十块钱吧，但那差不多就是两口子一个月的工资。他们家上有老、下有小，一家人穿衣吃饭、油盐酱醋，就全靠那点儿工资，袁隆平还要自费购买专业书籍和一些科研设备，手头紧得很，把口袋翻遍了也找不出几分钱。

俗话说，一分钱逼死英雄汉。袁隆平掏遍了口袋又开始摸脑袋了。就在他蹲在试验园边闷头闷脑地抽烟时，恰好看见学校总务处的陈主任路过这里。袁隆平眼睛一亮，心想，搞总务的，一般门路比较广，打交道的人多，说不定他能帮上忙。袁隆平还真是找对了人，这老陈是一个热心人，他说沅江对岸有一家陶瓷厂，有很多废品、次品，搞盆栽试验应该行。袁隆平一听，兴奋得不得了，连声说："行啊，行啊!"经陈主任联系，那家陶瓷厂很爽快地答应了。趁着一个星期天，从没拉过板车的袁隆平，带着三个学生，拖着一辆咯吱咯吱的板车到了沅江对岸的陶瓷厂，在那废品堆里淘出了六十多个坛坛罐罐，一个个怪头怪脑，有的歪着屁股，有的噘着嘴。几个学生看了，连嘴巴都笑歪了。袁隆平也跟着笑，却又笑呵呵地迸出一句话："你们别看这些家伙丑模丑样，一个个都能派上大用场，说不定还能创造奇迹呢!"

几个学生不笑了，齐刷刷地盯着袁老师看，袁隆平把手一挥，走！

师生们推的推、拖的拖，一板车坛坛罐罐从河那边运回来后，摆放在安江农校试验园的一个水池边，袁隆平又抓紧时间开始播种。

每一茬种子播下去，袁隆平都没日没夜地照料着、观察着、担心着，他最担心的是什么呢？人工培育出来的雄性不育系，其雄性不育性能否遗传下去是决定成败的关键，如果它一下又变成了可育，那就完了，又变成了雌雄同花、自花授粉的常规水稻了。这就是袁隆平最担心的。好在，试验的结果正一点一点地验证他对杂交水稻的设想。通过天然雄性不育株的一代代繁殖，其人工杂交结实率可达百分之八十，甚至达到百分之九十以上，有一些杂交组合已初步显现出了杂种优势，均属可遗传的雄性不育材

安江农校袁隆平旧居

料。他感觉自己正在曲折地接近那个目标，甚至感觉已经很近很近了。

夜深了，妻子和孩子渐渐进入了梦乡。袁隆平又悄悄钻出被窝，趿着拖鞋蹑手蹑脚地走到窗前的小书桌前，慢慢扭亮台灯。他生怕惊醒了熟睡的妻子，用一张报纸遮挡住照向床头的灯光，又开始伏案疾书了。但妻子还是被那轻微的动静和微弱的灯光惊醒了，她侧身朝那一小片灯光一看，眼里弥漫着温热的泪光。那个穿着背心的身影，长久地笼罩在一团深沉而寂静的光晕里，他在不停地写着什么，小书桌上摊满了稿纸，有几张飘落到地上，袁隆平都没有发现。多少天来冥思苦想的结果，在这个夜深人静的时刻，终于在一张张白纸上清晰地勾画出来了。那是中国杂交水稻的第一幅蓝图。

在这幅蓝图上，袁隆平首先提出："水稻具有杂种优势现象，尤以籼粳杂种更加突出，但因人工杂交制种困难，到现在为止尚未能利用。显然，要想利用水稻的杂种优势，首先必须解决大量生产杂种的制种技术，从晚近作物杂种优势育种的研究趋势和实际成果来看，解决这个问题的有效途径，首推利用雄性不孕性。"袁隆平就是从这一前提出发，在国内首次勾画出了一幅三系法杂交水稻技术路线图——

第一步，寻找天然的雄性不育株，这一步是培育不育系的基础；

第二步，筛选和培育保持系，即必须培育出一种和雄性不育系杂交、使其后代永远能保持雄性不育性状的稻株，以解决雄性不育系传宗接代的遗传问题；

第三步，筛选和培育恢复系，即寻找和培育一种和雄性不育系杂交、使它们的杂种第一代恢复雄性可育的能力，能自交结实的稻株，只要它们表现的优势强，就可以将它们用于大田生产。这也就是水稻的杂种优势利用。

如果能走完这三步，就能培育出三系法杂交水稻。这一方法在后来被称为经典的方法。

这三步，看似简单，却已经迈进了当时国际水稻研究最尖端、最前沿的领域。

科学技术太深奥，更何况这是一个世界级的难题，若用专业术语来诠释，一般人如读天书。袁隆平打了个形象的比方，他把三系法杂交水稻比喻为"一女嫁二夫"的奇异婚姻关系，而且是包办婚姻。

第一步，找到一个天生就没有"丈夫"或"丈夫"没有生育功能的母本，通过人工培育出雄性不育系（简称不育系）；

第二步，给母本找一个特定的"丈夫"，这个"丈夫"的外表酷似母本，但有健全的花粉和发达的柱头，用它的花粉给母本授粉后，生出来的是长得和母亲一模一样的女儿，这个女儿没有生育能力，仍能保持雄性不育的特性，如此才能让雄性不育性通过遗传保持下去，这就是雄性不育保持系（简称保持系），是作为父本与不育系杂交时，能使杂种一代（F1）保持雄性不育性的植物品系；

第三步，在大田生产上，使用的杂交种又必须是雄性可育的，否则就不能够自交结实。那么，用什么品种与雄性不育系杂交才能产生雄性可育的杂交种呢？这就必须再给母本找一个特定的"丈夫"，这是一个外表与母本截然不同的"丈夫"，一般要比母本高大，也有健全的花粉和发达的柱头，它既能自繁（自花授粉，自交结实），还能用其亲和的血缘医治母本（雄性不育系）不孕的创伤，迅速而圆满地恢复其生育能力，因而称作雄性不育恢复系（简称恢复系）。用这样的种子在田间大面积播种，长成的植株既可以通过传粉而结实，又可以在各方面表现出较强的优势，生产出来的就是我们吃的杂交稻了。

对于科学，比喻从来就不是准确的言说，但离开了比喻，一般人就更难看懂了。而比喻再形象，也难以淋漓尽致地表达这一套复杂烦琐的育种工程。但还有更复杂的，在杂交育种中，不育系、保持系和恢复系必须配套使用，否则一步都没有用，结果终归还是零。按袁隆平设计的"三系法"杂交水稻技术路线图，从第一步到第三步，必须闯过三关，一是三系配套关，二是优势组合关，三是制种关。这每一关在理论上勾画出来已经创造了水稻王国史无前例的历史，若要在实践中闯过这三关，就算是袁隆平也不知何时才能实现。但他清晰地勾画出了这一切，就凭这一幅蓝图，他也堪称三系法杂交水稻的总设计师。

当这一幅蓝图勾画完毕，袁隆平看见了黎明的第一缕曙光。

这不是一个空泛的比喻，中国和世界水稻研究的新纪元必将由此揭幕。

袁隆平的这幅蓝图，也就是他为中国杂交水稻研究开先河的第一篇论文《水稻的雄性不孕性》。那时他还没有对水稻雄性不育性正式命名，因此称之为"水稻雄性不孕性"，意思是一样的。他把论文稿寄给了中国科学院主办的权威刊物。几个月杳无音信，他自己心里也没有底，像他这样一个名不见经传的小人物的论文能够登上国家级的大刊吗？那些高高在上的编辑和专家看了，会不会把这篇论文当成一个笑话，扔进废纸篓里？说来特别幸运，这篇论文刚好赶在了"文革"爆发前夕，在中国科学院主办的《科学通报》上顺利发表了。这篇论文给袁隆平带来的一个直接收获，是收到了三十多块钱的稿费。不久，他又接到了科学出版社计划财务科的通知，告知他有一笔稿酬因地址不详被退回，他这才得知这篇论文还在《科学通报》英文版上发表了。这是他有生以来第一次挣到稿费，而且是个双黄蛋，中文版加英文版稿费共五十多元，差不多是他当时一个月的工资了。但稿费算得了什么呢？这篇论文在未来所产生的价值，哪是五十多元稿费可以衡量的，那价值是巨大的，不，不是巨大，而是伟大的！

如今，科学界已经公认，这是国内第一篇论述水稻雄性不育性并完整指出一整套"三系法"杂交水稻生产程序的论文。中国对于水稻雄性不育性的研究，就是从1966年袁隆平的《水稻的雄性不孕性》一文发表后开始的。这不是一篇单纯的科技论文，而是一篇上升到了国家战略高度的论文。这篇论文发表后，第一时间就得到了国家科委九局局长赵石英的关注，袁隆平的发现和切实可行的论证，一下就把他深深攫住了。作为一位站在国家战略高度的专家型领导，他意识到这个科研项目的意义是非凡的。当时，水稻雄性不育研究在国内外还是一片处女地，这项研究不但填补了水稻研究领域的空白，更重要的是，对保障国家粮食安全具有重大的战略意义。他立即就向国家科委党组做了汇报。当时，主管国家科委的是国务院副总理聂荣臻。这位像袁隆平一样从战乱和饥荒岁月中走过来的共和国元帅，以一位战略家的远见卓识，说了这样一番话：九亿人的吃饭问题，是比"上天"（指人造卫星上天）更重要更迫切的重要战略问题。

这句话成了聂帅的一句名言。

吃饭比上天重要！

绝处逢生

很多事情都是袁隆平后来才知道的。他当时根本就不知道他的"水稻雄性不孕性"研究已上升到了国家战略的高度，一切都还蒙在鼓里，但那条路他是早已认准了的，就是按照自己勾画的蓝图一步一步地向前探索。

随着 1966 年夏天的来临，一场史无前例的风暴汹涌而来。猛一听那汹汹然的呼啸声，袁隆平还以为是雪峰山夏季的山洪暴发了。抬眼一看，却见那些戴着红袖章的造反派如汹涌的洪流一样涌入了校园，一座幽静的校园顷刻间就闹腾得如翻江倒海一般。

在那个异常狂热的世界里，袁隆平却依然忙碌在校园那个僻静的小角落，守着试验园里的那些坛坛罐罐，像个辛勤的农人一样耕耘着，一会儿

安江农校广场

　　浇水，一会儿施肥，一会儿杀虫。一天到晚，那手脚一直没停过，那汗水也一直没干过，一身衣服湿乎乎地粘在身上，皱皱巴巴的像一层鸡皮疙瘩，连风也吹不动。风催禾苗长，这个季节的秧苗已泛出了一片青绿色的光芒，在风中发出飒飒的响声，这让袁隆平感觉到一种生命蓬勃生长的喜悦，预想和憧憬着它们的未来，再过不久就该抽穗、扬花了……

　　他不知道，就在他久久盯着秧苗之时，他已经被背后的一个人盯上了。

　　那是"文革"工作组一位姓王的组长，别看这样一个小小的组长，在当时，连校长看见他也会吓得两腿打战。这学校里几十个老师、几百个学生的命运，都掌握在他的手心里。那时还没有几个人知道袁隆平一天到晚在鼓捣什么，更不知道杂交水稻是怎么回事儿。但偌大的校园变成了一片热血沸腾的海洋，袁隆平却这样一天到晚地待在试验园里，像个冷血动物，连看都不看别人一眼。别的问题不说，这明摆着就是在走"白专道路"嘛。

那些坛坛罐罐摆在水田里，袁隆平也站在水田里。王组长站在岸上，居高临下地看着他。王组长虽说大权在握，可以翻手为云覆手为雨，但他也不是那种盛气凌人的人，他对袁隆平还挺客气，一开始也没想揪斗袁隆平，而是好心好意地来规劝袁隆平，提高他的思想觉悟，别在一条"白专道路"上走到黑。

谁知，袁隆平一听竟然笑了，他说："我走的不是'白专道路'，而是'白米'道路。"

王组长的脸一下拉得老长，脸色很难看，他阴沉沉地盯着袁隆平，又加大嗓门警告他："都啥时候了，你还有心思开这种玩笑，什么'白米'道路？革命不是请客吃饭！"

他那口气很震撼，连他自己都感觉很震撼，这就是他的目的，必须把袁隆平震得幡然醒悟。可袁隆平却慢慢抬起头来问："既然革命不是请客吃饭，那我们是不是就不种水稻了？不吃饭了？"

这话把王组长呛得一下哽住了，那核桃似的喉结滚动了几下，愣是没说出半句话来。一个急转身，他就甩着手气冲冲地走了。袁隆平还幽默地冲着王组长的背影笑了笑，他不知道，自己的厄运很快就要降临了。这其实也怪不得王组长，在当时，对袁隆平这种走"白专道路"的典型，若在劝说和警告后依然不改的，那就要发动群众进行批斗了。很快，批判他、揭发他的大字报就铺天盖地地贴了出来，从安江农校的东三楼一直贴到了校门口，他的名字上已经画上了血红的大 ×，看上去血淋淋的。而在那时，一个人的名字上画上了血红的大 ×，就是判了死刑的罪犯。这也意味着，袁隆平已经被判了政治上的死刑，成了"阶级敌人"。只要袁隆平的身影一出现，造反派呼啦一下就拥了上来，有的指着他的鼻子，有的挥舞着拳头，围着他声嘶力竭地呼喊口号：

"向牛鬼蛇神袁隆平猛烈开火！"

"砸烂资产阶级臭老九袁隆平的狗头！！"

袁隆平呆头呆脑地看着这一切，耳朵被震得嗡嗡响，这么多人围着他乱蹦乱跳、又冲又撞，这可怕的力量和狂热的场面，让他感觉好像是走进了一个疯人院，又感觉自己也快疯了。在乱哄哄的喧嚣声中，他忽然听见了一句特别刺耳的口号：

"彻底砸烂袁隆平资产阶级的坛坛罐罐！！！"

袁隆平已经被折腾得昏头昏脑了，一听这句口号，就像突然挨了重重的一击，他猛地一下反应过来，拔腿就朝一个方向飞奔。

在嗖嗖掠过耳边的风声中，他听见了什么东西碎裂的声音。

可惜，还是迟了一步，那些坛坛罐罐全被砸得稀巴烂了，地上一片狼藉，泥土、碎片、秧苗，抛撒得满地都是。他一下扑倒在地上，想要一把搂住那些秧苗，哪怕能抢救出几根也好啊，可这些秧苗有的折断了，有的撕裂了，袁隆平只觉得肝肠寸断。那些人下手真狠啊，这是彻底地斩草除根。这是袁隆平在科学探索之路上第一次遭受毁灭性的打击。从1964年找到第一株天然雄性不育株开始，他就在这些坛坛罐罐里搞试验，而这些用于试验的秧苗每一年、每一代都是直接关联的，只要一茬秧苗断了代，后面的研究就无法继续下去了，一切又将从零开始。眼看着几年来的心血毁于一旦，袁隆平疯了般地用脑袋、用拳头撞击着大地，发出一声声不可名状的闷响……

太阳已经落下，余温还没有散尽，袁隆平都不知道自己是怎么回家的。他两腿僵硬地保持着行走的姿势，高一脚，低一脚，头重脚轻，仿佛失去了重心，他感觉整个大地都是倾斜的。

到了家门口，袁隆平扶着门框，看着正给孩子喂奶的妻子，他眼里一阵阵发酸，他不知道该怎样把这个残忍的消息告诉妻子才好。那秧苗全毁了，袁隆平自知在劫难逃，接下来他就要挨批斗，进入"牛棚"劳动改造。这一去，就不知何年何月才能回家了。此时，他不是为自己的命运忧虑，而是为妻儿担心。他不知道，妻子邓则抱着孩子已去看过那些大字报了。在袁隆平回家之前，她一边给孩子喂奶一边流泪，而一听到丈夫那熟悉的脚步声，她就赶紧抹掉了眼泪，脸上竟带着那种天然的淡淡的笑意。

当袁隆平不知怎么开口时，她抬眼看了看他，低声说："我知道了。"

袁隆平的声音也很低沉："你知道了就好，你要有心理准备……"

邓则淡淡地说："我已经想好了，大不了，我们一起去当农民。"

这样平平淡淡的一句话，却让袁隆平感动了一辈子。对于受难者，爱是最深的理解，也是莫大的抚慰。后来每次提及此事，袁隆平都有发自肺腑的欣慰和感慨："这是我一生最大的安慰之一。"

在那个寂静无比的暗夜里，袁隆平闭着眼绝望地躺在床上，眼前像放电影一样地闪过这么多年来所经历的一切，那难以忍受的饥饿，那在茫茫稻海中的寻找，那瞬间被阳光照亮的神奇发现……一条科学探索之路如此漫长、曲折，这么多年来他经受住了那么多考验和磨砺，什么都不能摧垮他的意志，但他还从未遭受过这样致命的一击，他耳朵里依然有碎裂的声音在不绝地回荡。就在这时，他忽然听见了敲门声，那声音很轻，却让他的神经一下惊悸起来。这深更半夜的，谁在敲门呢？他第一个想到的就是那些造反派，在半夜里发动突然袭击，来揪斗他。再一想，不对头啊，如果真是造反派，还敲什么门呢，飞起一脚就把门踹开了。袁隆平不知道是祸是福，就是大祸临头，那也是躲不过的，他只能挺起身子去应对。此时，他的神思已不像先前那样恍惚了，他光着脚摸着墙打开门，两个模糊的身影如幻影般现出来。

袁隆平在微茫的夜色中凑近了一看，是他班上的两个学生——李必湖和尹华奇。

这深更半夜的，两位学生神秘兮兮地来找他，又是啥事呢？那还真是一件天大的事，一个天大的秘密。原来，他们看了揭发批判袁隆平的大字报，又听到造反派扬言要砸烂袁隆平的坛坛罐罐，赶紧抢在造反派下手之前溜进了试验园，偷出了三盆秧苗，藏了起来。

袁隆平猛地一下愣住了，他愕然地看着他们被夜雾遮蔽又在夜色中微微发光的眼睛，好像是要使劲看清楚这两个家伙是不是在骗他。其实，这两位学生都是他特别看好也非常信任的学生，但在这样的非常岁月，又刚刚经历了一场让他绝望的大劫，他还真是不敢相信有这样的奇迹发生。他用一只手暗暗掐了一下另一只手，那尖锐的疼痛告诉他，这不是做梦。

两位学生也不说话，他们显得很警觉，生怕被别人盯上了，只暗暗示意袁隆平跟着他们走。三个模模糊糊的身影，蹑手蹑脚地摸到了藏秧苗的地方。这地方还真是隐蔽，那是学校苹果园边的一条臭水沟，既有茂密的枝叶遮挡着，沟边又荒草丛生，极少会有人走到这样一个地方来。李必湖和尹华奇把袁老师带到了这儿，便一人朝着一个方向，警惕地盯着四周的动静和可疑的身影。袁隆平低着头，瞪大眼睛看着那三盆秧苗，这比他发现"鹤立鸡群"和第一株天然雄性不育株还要惊喜，但没有那种欣喜若狂的兴奋，像是看着一个绝处逢生的奇迹。那秧苗上的露水在夜色中闪烁着、颤动着。他轻轻地抚摸着秧苗，他的手心潮湿了，眼眶也潮湿了。

好半天，他才从胸腔深处发出一声叹息："啊，有救了，有救了啊！"

这三盆秧苗，还真是拯救了差点就被扼杀在摇篮里的雄性不育株。

李必湖和尹华奇特别用心，他们按水稻雄性不育株的三种类型各选了一盆，这也是他们为杂交水稻立下的第一功——在危急关头保住了水稻雄性不育株的一代血脉。

李必湖和尹华奇都是贫下中农的子弟。在那个时代，贫穷曾是光荣的胎记，但光荣不能当饭吃。这两个苦水里长大的山里娃，从小就过着"野菜野果当杂粮，红薯要当半年粮"的日子，一心想着怎么多打粮食，吃饱肚子，这是很多农家孩子的本能，也是本性。1964年，就是袁隆平在洞庭早籼稻中发现天然雄性不育株的那一年，他们被安江农校特招为"社来社去"的学生。所谓"社来社去"，指从哪个公社推荐上学的，毕业后还要回到哪个公社，这是那个特殊时代的特殊产物。或许就是这种读了农校还是要回去当农民的命运，让他们更是充满了强烈的求知欲。在袁隆平几乎是孤军作战时，他俩主动请求给袁老师当助手，想多学一点稻作技术。在追随袁隆平之后，他们才渐渐理解了袁老师正在攻克的不是一般的稻作技术，而是意义非同寻常的世界难题。随着技术水平的逐渐提高，他们的眼光和境界渐渐变得高远而开阔了，从原本一心想着怎么让自己吃饱肚子，让全家人吃饱肚子，让父老乡亲吃饱肚子，到也像心忧天下的袁老师一样，想着怎么让天下人都能吃饱肚子。这就是两个从小忍饥挨饿的年轻人在成长过程中逐渐提升的又非常朴素的人生境界。他们一生的路也从此确立。

从那个绝处逢生的夜晚开始，袁隆平和两个学生每天就像行踪诡秘的潜伏特务一样，轮流照看那三盆秧苗。袁隆平一边偷偷地搞试验，一边等着挨批斗、进"牛棚"。眼下，又到了水稻抽穗扬花的季节，他的试验也进入了关键时期。他双手握着稻禾凝神观察，低着头，眼前这渺小的东西，仿佛不是一朵稻花、一粒种子，而是一个无穷无尽的奇妙世界，藏着无数的谜底。他好不容易解开了一个谜团，紧接着又冒出了一个谜团。他的兴奋不可抑制，可一想到自己随时都有可能被关进"牛棚"，他的心里又乱了起来。双眼下意识地转向了两位学生，若能把他俩留下来该有多好啊！然而，当时，他自个儿都是泥菩萨过江——自身难保，又怎么顾得上两个学生的前途啊。他只能做最坏的打算，一旦自己进了"牛棚"，就委托两个学生继续照看这些秧苗。李必湖和尹华奇也看出了袁老师的心思，说："袁老师，过些日子，我们就要毕业回家务农了。如果你在学校搞不了科研，就到乡下来搞吧，我们养活你！"

这句话，和妻子那句话一样，也让袁隆平感动了一辈子。

说来还真是蹊跷，当时满校园风声鹤唳，安江农校要揪出八个"牛鬼蛇神"，已经揪出了六个，都关进了"牛棚"里，袁隆平就是内定的第七个。说是内定，但谁都能猜到下一个就轮到袁隆平了，一张写着他名字的标签，都已经贴在那"牛棚"的墙头了，却一直没有对他采取行动。原来，这内幕中还有一个更深的内幕。工作组当时准备把袁隆平作为重点打击对象，还特意查了他的档案，看看他有没有什么历史问题，打算新账老账一起算。档案是保密的，袁隆平也不知道自己的档案里到底装了些什么，他更不知道在自己的档案袋里竟然还放着一个红头文件，那是国家科委九局发给湖南省科委的公函，湖南省科委又转发给了袁隆平所在单位安江农校，责成安江农校支持袁隆平的"水稻的雄性不孕性"研究。这样的文件都是机密，一个普通的农校老师是不可能看到的。而当时，安江农校领导班子已被冲击得七零八落，几乎处于瘫痪的状态，整个校园都乱糟糟的，谁还顾得上这份公函啊，更不用说落实和执行了。结果是，这份公函竟然鬼使神差地被放进了袁隆平的档案里。如果不是工作组想要"挖洞寻蛇打"，翻开了袁隆平的档案，这一纸公函还不知要尘封多久。这一查，让王组长眼珠子都快瞪得掉下来了，袁隆平一天到晚鼓捣的那些坛坛罐罐，竟然有这么大的来头！这让他和工作组的几个核心成员一下子变得举棋不定了，这个袁隆平到底是走资本主义道路的批斗对象呢，还是保护对象呢？他们不敢拍板，只能去请示上级。当时，安江农校是由黔阳地委领导的，他们马上就带着这个红头文件去请示黔阳地委书记孙旭涛，那是一位知识分子出身的老革命。

孙书记一字一句地看完那红头文件，把桌子重重地一拍："这是天大的好事啊，没想到咱们这大山沟里还藏着这样一个天才。这样的人当然是保护对象，应该作为重点保护对象！"

有了这句话，一言九鼎，工作组只得踩了个急刹车，这让袁隆平的命运在一夜之间峰回路转。他不仅在一场在劫难逃的浩劫中侥幸地逃过了挨批斗、进"牛棚"的命运，还在工作组的默许下，又把杂交水稻的试验秧苗从臭水沟里搬进了试验园。那灿烂的阳光终于又照亮了三盆劫后余生的秧苗，一个在黑暗中摸索的育种人也有了重见天日之感。

追逐太阳的人

　　水稻是生命力和繁殖力都很旺盛的作物。到了 1967 年春天，那三盆劫后余生的秧苗又蓬蓬勃勃地繁育到一百多盆了。

　　看着苗壮成长的秧苗，袁隆平又喜又忧。随着秧苗的不断繁育，他一个人实在忙不过来了。好在那时还在"停课闹革命"，他不用上课了，在实验室和试验园里两头跑。哪怕最苦、最难的生活他也受得了，但一株秧苗受了损失他却受不了。水稻是"三分种，七分管"，多亏还有李必湖和尹华奇这两个学生帮着他照管。已经毕业的他们，看着袁老师这么忙，就主动提出来给袁老师义务当帮手，一分钱工资也不要。可这让一个当老师的实在难为情啊，他自己是个穷教师，拿不出钱来给他们发工资，就是有钱他也不敢发。在那个时代，这样就成了私自雇请贫下中农子弟当长工的地主了，那可是"罪大恶极"的罪行。但他又怎么能让两个学生长时间地白干呢，他们总得有钱有粮票吃饭哪。这让他早已萌生的那个念头变得愈加强烈了，如果能得到学校的批准，将李必湖和尹华奇留校做助手，该有多好啊。

　　一场春雨过后，秧苗开始分蘖了。眼看就要中耕、追肥了，袁隆平和两个学生在试验园里忙碌着。这时，几个怀揣着特殊使命的人，从省城长沙来到了安江农校，那是湖南省科委根据国家科委指示，特意派人来了解"水稻雄性不孕性"研究项目的进展情况。而在此之前，他们也听说袁隆平受到了一些冲击，因此他们还要了解一些袁隆平在研究中遇到的问题和困难。这还真是"好雨知时节"，袁隆平迎来了一场及时雨。袁隆平见了他们，感觉就像娘家来了人，国家科委、省科委，就是科研人员的娘家啊。他恳切也很实在地说出了这些年遇到的困境，无论是科研经费还是人手都很缺乏，这么多年来除了妻子和学生给他当当帮手，他就是一个人孤军奋战，而眼下最迫切的就是需要配备两个助手，他提议将李必湖和尹华奇留校做助手。省科委的同志一边用心听，一边在本子上记，但没有点头也没有表态，在调查之后就回去了。

袁隆平送走了他们，忐忑不安。这么多年来，他很少讲自己的困难，谈什么条件，也从来没向上级提过什么要求，在那样一个非常年代，他也知道科技界是遭受造反派冲击的重灾区，这次他实话实说，也不知是祸是福。但不管结果如何，他也只能等待。没过多久，就等来了一个让他喜出望外的结果，李必湖、尹华奇这两个"社来社去"的学生都被破格留校了。好事还真是接二连三，省科委随后又决定将"水稻雄性不孕系选育计划"列入省级科研项目，每年下拨六百元的科研经费，这在当时差不多是袁隆平一年的工资了。还有一桩大喜事，当年 6 月，在省科委的支持下，安江农校成立了由袁隆平和李必湖、尹华奇组成的"水稻雄性不孕性"科研小组。这在当时也许不是什么大事，却是一个必将载入中国杂交水稻发展史的标志性事件，中国第一个杂交水稻科研小组正式成立了。

安江农校给"水稻雄性不孕性"科研小组划分了一小片试验田，编号为"古盘 7 号"。在那样一个特殊的年代，袁隆平和他的科研小组得到了"特殊的保护"，再也没人在光天化日之下闯进他的试验田里来砸他的坛坛罐罐了。一小片试验田，碧波荡漾，赏心悦目，从那闹哄哄的校园里往这田间一走，袁隆平顿感神清气爽，如同走进了风暴中一个宁静的港湾。少了人间的风暴，却免不了遭遇一次次挫折。袁隆平经过多年的试验，依然没有取得实际性的成果，这让他一直思索，问题到底出在哪里呢？他在试验中慢慢悟到，遗传育种规律决定了试验周期之长，这是在当地的常规气候下无法解决的。譬如这安江盆地，在深秋、冬天和早春季节，气候寒冷，阴雨绵绵，大半年时间都没有充足的阳光，无法进行试验。那时候他又没有条件搞人工育种温室，若要加快育种步伐，就必须跳出雪峰山谷、安江盆地，走出去。水稻是喜阳光的作物，必须追着太阳走，去岭南、云南那些阳光充足的天然大温室繁殖育种，会大大加快试验的进程。

从 1968 年早春开始，袁隆平便开始了他追逐太阳的岁月。

那是他第一次去岭南育种，也是他最不该离开家的时候。

说到这个家，他真是对不起自己的妻子和孩子。孩子出生时，一个父亲是应该守在身边的，有道是，孩子的生日，就是母亲的受难日，无论对于妻子还是对于孩子来说，那都是对生命的守望。但大儿子出生时，他正一头扎在稻田里培育雄性不育株，无暇顾及在痛苦中分娩的妻子和那在流血的母腹中降生的婴儿。他一直想要好好地补偿一下妻子和孩子，也是弥

安江农校试验田

大垅试验田
Dalong experimental field.

里是袁隆平老师当年发现天
然……从事杂交水稻研究的
……室……从交水稻研究之用。

……s the place where Yuan Longping found
……and did research on hybrid rice.
……s……ed for……d research.

补自己的遗憾。可眼下，大儿子还未满两岁，老二才刚刚出生三天，可怜的妻子，连下床的力气都没有，正是需要照顾的时候。一个丈夫、一个父亲，在这节骨眼上却要抛下还在坐月子的妻子和襁褓中的婴儿，踏上南繁之旅，一去数月，他怎么狠得下心来啊。他低着头，默默地望着妻子，像在深深地忏悔，迟迟迈不开脚步。

妻子依依不舍地看着即将远行的丈夫，却一个劲儿地催他早点动身，她还淡淡地笑着说："赶紧上路吧，等你回来了，孩子说不定都会叫爸爸了呢。"

有人说，世界上有两个女人可以决定一个男人的命运，一个是母亲，一个是妻子。袁隆平倍感幸运，他的命中有两个这样好的女人。但他最对不起的就是这两个好女人，既无法尽孝照顾母亲，又无暇尽责照顾妻子。但无论怎样内疚，怎样心疼，都无法止住他奔向稻田的脚步。那正是南繁育种的最佳季节，误一天就误一季，误一季就误一年。不说这一年的血汗白流了，那雄性不育系试验更是每一茬都不能断代。他心急如焚哪，只能狠下心，背上包袱，跨出家门。一个在风中疾行的汉子，一脸深沉悲壮，生怕自己又被从家里传来的哭声拉回去，那是儿子在襁褓中发出的哭声……

春寒料峭，从雪峰山吹来的山风还冰冷刺骨，袁隆平带着两个助手踏上了南下的旅途。每个人都背着一床铺盖，上面横着卷成筒筒的草席、蚊帐、雨伞。每个人手里还拎着一只铁皮桶，桶里面放着准备去南方繁育的种子。在那个交通极不方便的年代，地处大湘西的安江，出行更难。他们坐汽车，挤火车，在路上颠簸了一天一夜，终于抵达了广东省南海县（今佛山市南海区）大沥公社。这儿是珠江三角洲商品粮食基地的一个传统稻作区。他们租住在农民家里，那时广东的农民也很贫穷，房子低矮狭窄，谁家里也没有多余的床铺，师徒三人只能打地铺，在地上铺上一层稻草，再垫上自己带来的草席、铺盖卷儿，只要有个遮风避雨的地方，他们就知足了。

安顿下来后，他们立马就开始翻耕播种。那泥土与安江盆地有些不同，踩下去特别黏稠，脚给粘住了扯都扯不动。但这样的泥土特别适合种稻子。又加之气候潮湿炎热，日照时间长，经过两个多月的繁育，到了 4 月底，就繁育出了七百多株秧苗。这些秧苗还必须移栽到安江农校的试验田，用他们的专业术语说，就是"南繁北育"，简单说，就是在南方繁殖，在北方培育成长。南方的先天自然优势就不用多说了，但在南方培养的种子最终还得运到北方广袤的土地上大面积种植，这才是南繁的最终目的。这个"北方"不是教科书上的地理概念，而是相对于广东、广西、海南、云南等南方省区而言，中国其他的省区都是北方。

在那样的交通条件下，要把这么多秧苗从岭南移栽到千里迢迢的安江盆地谈何容易。此时，雪峰山已是春暖花开的季节，师徒三人只能日夜兼程，带着七百多株秧苗往安江赶。时不我待啊，一旦错过了安江的农时，他们又是白忙活了。

赶回安江，袁隆平把行李往家里一撂，连摇篮里的儿子也来不及看一眼，就急急忙忙奔向试验田，赶紧把秧苗插在田里。这秧苗真是比他儿子还亲啊，他不知道儿子是怎么一点一点长大的，但对这些秧苗的长势他却一清二楚。

在一本磨破了边角的红皮日记本上，他每天都记下秧苗生长的数据，这也是一个农业科技人员的田间档案。他在田间走动，都显得小心翼翼，好像生怕踩疼了秧苗的"脚趾"。在他的细心呵护下，半个多月后，那秧苗就长得一片葱茏了。到 5 月中旬，禾苗开始扬花、灌浆、抽穗，这是袁隆平最渴望的时节，他捧起一株刚刚扬花的穗子，就像猜想一个正在孕育中的孩子，这些在岭南的太阳下培育出的秧苗，又该结出怎样奇妙的果实呢？

然而，袁隆平和他的秧苗真是命运多舛，那满心的期望转眼又变成了绝望的毁灭。1968年5月18日，那是一个让袁隆平痛彻肺腑的日子。那天是星期六，袁隆平在试验田里忙碌了一天，施肥，杀虫，拔出了一根根杂草和野稗子，直到夜幕笼罩，他才洗脚上岸，裹着一身浓重的夜雾朝家的方向走去。他怎能料到，这个夜晚将是他记忆中最黑暗的一个夜晚。

半夜里，他被沉闷的雷声惊醒了。他披衣起床，走到窗前，一道炫目的闪电打在他身上，在闪电划过的一刹那，只觉得狂风暴雨冲着他直扑过来，连紧闭的窗户也发出感知灾难的咯吱声。这鬼天气让他揪心啊，他惦记着暴风雨中的秧苗，天还没亮，就披着雨衣匆匆赶到了试验田。眼前的一幕让他惊呆了，那绿油油的试验田在一夜之间变成了一个烂泥塘，满田的秧苗在一夜之间不见了踪影。袁隆平使劲地揉了揉眼睛，他不敢相信眼前的一幕，就算再大的暴风雨，也不可能将七百多株禾苗席卷而去啊。显然，这不是天灾，而是人祸。有人将他的禾苗连根拔掉了，这比此前砸烂他的坛坛罐罐干得更加彻底，连一根也没有留下，又不知丢到哪里去了。

秧苗，秧苗……一连几天，袁隆平就这样像梦呓般地念叨着，疯疯癫癫地四处寻找，两眼茫然，眼窝深深地凹陷下去，却又带着一种特别固执的神情，见了谁，他都使劲地一把拉住不放："你看没看见啊，我的秧苗，我的秧苗到哪里去了啊？"他找遍了校园里的每一个角落，扑在苹果园的那条臭水沟里捞了又捞，整个人就像从烂泥里钻出来的，也没有捞起半根秧苗。直到事发后的第四天，袁隆平终于在一口井里发现了几根漂浮着的秧苗。这口井里淹死过人，阴森森的，据说有人还见过那个淹死的人在井边上坐着。这闹鬼的传闻让人更加惊恐，谁也不敢走近这口井，井口渐渐被疯长的野草和灌木丛遮蔽了。袁隆平迷迷糊糊的，也不知怎么就想到了这口井，他狠狠地捶打着自己的脑袋，怎么没有早点想到呢！那一刻他就像看见了自己溺水的孩子，扑通一声就扎进了深深的水井。但那井有几丈深，袁隆平水性再好，拼尽气力也钻不到那水底去。后来学校调来了抽水机，抽了两天两夜，才把井水抽干了，站在井台上围观的人们发出一片惊呼声："秧苗，秧苗!"然而，那沉没在井底的厚厚一层秧苗早已沤烂了。袁隆平望着死去的秧苗，泪水已经涌满了眼眶。但谁都看见了，这是条硬汉子，即便在极度的悲伤中，他也用两只拳头死死地挡住了自己的眼睛，极力不让自己的泪水流下来。

这是袁隆平所经历的第二次毁灭性的灾难，后来被称为"5·18"毁苗事件。

这次毁苗事件在袁隆平的心灵上留下了更深更重的创伤，如果这就是命运，他也只能竭尽所能去默默承受命运的打击。那个灾难性的结果，又只能用绝处逢生来形容了，在袁隆平颤抖的指缝间，还捞起了几根奄奄一息的秧苗，这是秧苗中最坚韧、最顽强的生命。袁隆平看着那五根秧苗，深深地吸了几口气，仿佛一个死里逃生的溺水者，又回到了人间。事实就是如此，这五根秧苗，又一次挽救了袁隆平多年的心血，也再次挽救了险遭扼杀的杂交水稻。

接下来的一切，又将从那五根秧苗开始。

秋收过后，大雁南飞。1968年10月，袁隆平又一次离妻别子，这一次他将走得更远，去中国最南端的海南岛。从这年开始，南繁北育，成了袁隆平和助手们的生活常态。每当西伯利亚的寒流裹挟着的大雁飞过长江和洞庭湖，袁隆平就得带上助手上路，他的贤内助就要为他打点行囊了。连儿子一听见天空传来大雁"嘎——嘎——"的呼唤声，都会挥舞着手臂，仰望着天空，追赶着那排成人字形或一字形的雁阵喊叫："爸爸要走啦，爸爸又要走啦!"

作为中国南繁北育的先行者，他们是追逐太阳的人，也是追逐太阳的候鸟。袁隆平和他的助手们，往往是春在安江，秋在南宁，冬去海南，有时还要远赴云南，寒去暑来，南北辗转，这是与季节赛跑，也是与生命赛跑。这种大跨度的奔波，就是要开拓出一条以大跨度的空间换取一年当作两年用的时间的宝贵之路。每种一季水稻，从育种、播种、抽穗、扬花到结实、收获，一般都要三四个月的生长周期，而通过南繁北育，一年就可以繁育两代，甚至是三代。按常规方式，搞一个新品种出来一般要八个世代，而通过南繁育种只需要四年。如今，已有了人工气候室，三年就可以出一个新品种。

南繁南繁，又难又繁。选择南繁，不只是追逐太阳，还选择了一种极为艰辛、繁重、如同苦役一般的劳作生活。那时，无论岭南还是云南，都是天遥地远的偏僻之地，一路上汽车转火车，火车转汽车，沿途经过的很多河流还没有桥梁，只能靠轮渡。这里就以从安江到海南的这段路途为例，他们先要坐汽车到通道，那里位于湖南、广西、贵州三省区交界处，是通往中国大西南的要道。到了通道，再转车到广西桂林，改乘火车到广东湛江，又转汽车到广东濂江换乘渡船，横渡琼州海峡，抵达海口后，还要自北向南纵贯整个海南岛，才能从海南岛最北端抵达最南端的崖县（今三亚），哪怕日夜兼程，一个单程就要辗转七天，一个来回就是半个月。

说来可怜，袁隆平那些年每天的出差补贴只有两角七分钱，为了把每一分钱都用在科研上，他只能苛待自己，一分钱一分钱地从牙缝里省，从手指缝儿里抠。袁隆平和助手能坐上硬座就谢天谢地了，连卧铺车厢是啥模样都不知道。当时车辆稀少，一票难求。有一次，袁隆平和尹华奇深夜两点就在火车站排队买票，一直排到早上八点，一扇紧闭的窗户才打开，结果只剩下两张硬座票。但这两张硬座票他们也买不到。是的，他们是一直排在队伍最前边的两个人，可排队的不光是人，在他们前面排队的还有两个小板凳。连这两个小板凳也是有背景的，售票员说票只能卖给它们的主人。尹华奇年轻气盛，还想跟售票员讲道理，售票员在里边恶声恶气地回答："你们到底想不想买票？不想买连站票也没得了！"

在没道理可讲的时候，尹华奇只能忍气吞声了。

就这样，师徒俩排了大半夜队等于白排了，只买了两张无座票。看着尹华奇一脸的不高兴，袁隆平笑着安慰他："行了，想开点，站也好，坐也好，都能把咱们送到目的地！"

有时候，过道不太拥挤，他们就坐在车厢的连接处或过道上，一个个还满脸幸福。到了夜晚，他们就把行李堆在过道边，那就更幸福了，这狭窄的过道成了他们的"软席"。那时候，坐在火车连接处还有一个好处，可以抽烟。袁隆平和几个助手烟瘾都不小，大伙儿吸着生烟丝卷的喇叭筒，一路上云里雾里、天马行空地谈笑着。袁隆平还给他们讲自己在大学时代的故事，当他讲到自己差一点就当上了飞行员时，几个助手又是羡慕又是嗟叹："袁老师啊，你要当上了飞行员，咱们就坐飞机去海南啰！"

袁隆平哈哈大笑道："我要当上了飞行员，哪里还会带着你们这帮臭小子搞育种啊！"

海南岛那时还隶属广东省，虽是广东省最偏远落后的地区之一，却拥有多元共生和生机勃发的自然生态，是南繁育种的天堂。然而，哪怕到了天涯海角，也找不到世外桃源般真正的育种天堂，这里不只有太平洋上卷起的风暴，也同样遭遇了一场人间风暴。他们第一次找到的育种基地是海南岛最南端的崖县的一个农场，到那儿时正赶上了两派"武斗"，那可是真枪实弹的打仗，连机关枪都用上了。袁隆平见势不妙，赶紧带着两个助手连夜转移。

事实上，袁隆平他们最初几年的南繁育种，一直在海南岛多地辗转，既没有固定的基地，也居无定所，他们就像一群流浪汉一样。好在，海南岛是国家的农垦基地，拥有近百个国有农场，这比那些一般农村的条件相对要好一些，他们可以借宿在农场多余的仓库里。没有床，他们只能打地铺。后来千军万马下海南育种时，袁隆平还睡过大通铺，一间仓库里睡七十几个人。那是蚊子、蟑螂、老鼠、蛇的天下，无论你怎么清扫，这些小动物还是无孔不入地钻进来。早晨起来，每个人都是一身红疙瘩，几乎每个人都得了奇痒难忍的皮肤病，难受得恨不得把皮剥下来。最可怕的还是毒蛇。热带地区是毒蛇的王国，而最毒的就是眼镜蛇，几乎每个人都遭遇过，一旦被咬就有可能丧命。就是在这样的条件下，袁隆平夜里还要点灯熬油，钻研专业书籍，制订育种计划。热带的蚊虫极多，到了夜里，一有点亮光它们就飞扑而来，一盏油灯烧上几个小时，边上就有一堆的飞蛾尸体。为了直接阅读那些深奥的外文书刊，无论多么艰苦和忙碌，他都一直坚持学英语。白天就更忙了，天一亮，他们就在南国的田野里不停地奔走，一边寻找野生稻种，一边在试验田里育种。

刚刚播种时，最大的天敌就是田鼠。白天还好，一到夜里，它们就从阴暗的洞穴里钻出来，一双双贼眼闪闪发光，那鼻子也贪婪地嗅个不停。这些家伙又喜欢成群结队地活动，一夜之间就可以将一丘稻田里的种子吃光。师生三人只能轮流守夜，睡在稻田边上，砍几片硕大的棕榈叶子往地上一铺，再铺上草席就是床了。轮到袁隆平守夜时，他抱着一根竹竿也照样睡得香，但那双耳朵却一直竖着，这也是他多年练出的功夫。哪怕在睡梦中，他也能听见田鼠的动静，一个翻身爬起来，一手拿着手电筒，一手挥着那根长竹竿，呼啦啦一扫，将田鼠扫得屁滚尿流，落荒而逃。逃出老远了，还能听见它们吱吱吱的惊叫声、哀鸣声。袁隆平咧嘴一笑，又抱着竹竿，倒头便睡，那鼾声还故意打得特别响。不过那些家伙不长记性，过了一会儿又来了，袁隆平又得同田鼠战斗，这样的战斗一夜要上演五六回。除了田鼠，还有嗡嗡嗡成群飞舞的蚊子，还有一闻到腥味儿就钻过来的旱蚂蟥。但这些嗜血小动物从来不会干扰袁隆平的睡眠，他早已习惯了蚊子和蚂蟥的叮咬，有了顽强的忍受力和免疫力，这也是达尔文所说的"适者生存"吧。

头上烈日直射，地上湿气蒸腾。海南岛的四季都如同湖南的酷暑季节，一弯腰，全身的热汗便奔涌而出。哪怕什么也不干，只在太阳底下站上两三分钟，浑身上下就会湿透，整个人像从水里爬出来的一样。如果再坚持一会儿，那浑身散发出来的烫人热气，就会让一般的人出现中暑的迷糊意识。然而袁隆平和他的助手们却像铁打的一样，每个人都竖着脑袋聚精会神地干着，尤其是到了太阳直射的正午时分，这正是水稻扬花授粉的最佳时刻，没有一个人会躲到树荫下喘口气。他们与阳光为伍，把太阳当成生命最美的风景，真的称得上是追逐太阳的人啊！几乎每个南繁育种人员，都曾有过中暑昏倒在稻田里的经历，但袁隆平是一个例外，或许他那身体还真是特殊材料制成的，他从未在南繁的稻田里昏倒过。

南繁北育，每一次南行都难舍难分，每一次北归都归心似箭，去亦难，回亦难。每年 4 月，袁隆平和他的助手们就要带着南繁的种子从海南岛赶往安江播种，这又是一场跟季节的赛跑。那像命根子一样的种子不敢托运，每个人怀里都抱着一包包种子。在那非常岁月，车船极少能正点到达，一旦在路上耽搁了，不能按时赶到育种场，那种子就白瞎了。为了争取时间，他们从海南岛出发时就把稻种浸湿催芽，在旅途上把浸过的谷种捆在身上。一路上他们还要根据种子的温度需要而增减衣物，而就在他们长途颠簸时，一粒粒种子正在他们身上悄悄萌芽。人非草木，而生命却是相通的，人的体温正好是稻种催芽的适合温度。只是那浸湿的稻种捆在身上，使他们看起来就像个孕妇，而这一路上，他们还真得像孕妇一样小心翼翼地呵护着腹中的胎儿。有时候老天还与人作对。1970 年 4 月，袁隆平和尹华奇抱着种子从海南赶到通道，经过几天几夜的颠簸，两个人都已疲惫不堪。眼看就要回到阔别数月的安江，可偏逢山洪暴发。在通道与安江之间横亘着一条双江河，因山洪暴发，河水猛涨。那时候很多支流水系都没有桥梁，全靠轮渡，客车在一个偏僻的小渡口困了一天一夜，一车人都陷入了孤立无援的绝境。在狂风暴雨中谁都不敢下车，困守在车里又没吃也没喝。最让袁隆平焦急的还是种子，若不能马上赶回试验田去播种，这一季种子就要耽误了。

终于，风雨渐歇，洪水稍退。袁隆平朝河对岸望去，对岸的一切看上去那样近，但风浪依然很大。浑浊的河流湍急起伏，漂荡着从上游或山上

海南三亚成熟待收的杂交水稻

冲下来的各种漂浮物，甚至有连根拔起的树木。轮渡还是不能摆渡，谁也不敢拿一车人、一船人的性命来冒险啊。袁隆平只能冒险了，他和尹华奇一起跳下汽车，找到了一位老艄公，请求他在风浪中摆渡过江。如果这位老艄公也不能摆渡，那就只能泅渡过江了。凭袁隆平的一身好水性，应该可以驾驭这样的风浪，可那也是冒着极大的风险。好在那位久经风浪的老艄公水性很好，他驾着一艘小船几乎是从风浪、漩涡和各种漂浮物的缝隙中漂过，把师生俩有惊无险地渡到了彼岸。

第四章　第五大发明

突破口

袁隆平从 1965 年秋天勾画出三系法杂交水稻的路线图后，一条科学探索之路仿佛清晰得一眼就可以洞穿了，他也在一点一点地按照这三步走的路线推进，然而总感觉是在迂回中穿梭。那种感觉很奇怪，就像一篇小说里写的："当你想向前迈步的时候，你觉得有一种力量阻碍着你；当你想原地不动的时候，却又有一种力量推动着你。"

在科学探索之路上，有时候也需要"原地不动"的静观与默想，对过往与前路做一番梳理。这其实也是袁隆平的习惯。事实上，杂交水稻每往前推进一步，都是世界性的难题，这还真像哥德巴赫猜想一样。从 1920 年挪威数学家布朗证明了"9+9"，历经近半个世纪，世界上杰出的数学家都在一步一步地证明，到 1966 年中国数学家陈景润证明了"1+2"，人类摘取这颗"数学王冠上的明珠"仅剩一步之遥了。迄今又过去了半个世纪，陈景润的"陈氏定理"依然无人超越，距离那颗"数学王冠上的明珠"依然还是一步之遥。越是到了最后一步，越是可望而不可即。

打个比方，袁隆平此时只是证明了第一步"9+9"，正在攻克第二步"7+7"。

袁隆平在发现第一株天然雄性不育株后，在四年多的时间里用一千多个品种做了三千多次杂交试验和上万次测验，雄性不育株的血脉在一代一代地延续，这也是沿着袁隆平思路延伸的轨迹，但袁隆平依然没有找到那个根本性的突破口。他培育出了雄性不育系，感觉就要看见那粒神奇的种子了，可最关键的一个指标——雄性不育性的纯度（母本纯度）一直不稳定，最高也只能达到百分之九十。按说，这已是很高的比率了，但一粒杂交水稻种子若要培育成功，对其母本的纯度要求极为严格，必须达到或接近百分之百（99%以上）的稳定性，这样才能培育成百分之百的雄性不育保持系，保持其不育性百分之百地能够遗传下去，否则在其第二代（F2）就会发生参差不齐的分离现象。想想，寻找到一株天然雄性不育株的概率仅为三万分之一，甚至五万分之一，而培育出的结果却要达到百分之百，这个难度有多高？不但要摸着脑袋想，还要摸着心口想。

此时的袁隆平，已经年过不惑，接下来还有太多难以解开的谜团，而农业科学不比数学，每一步都要看到实实在在的成果，他迟迟拿不出一点实际成果来证明自己的技术路线是正确的，却似乎一直在以失败的方式验证那个水稻杂交的"无优势论"是正确的。很多人对这个论断是越来越深信不疑了，对袁隆平的技术路线也越来越怀疑了，其中不乏水稻育种方面的权威专家和学者，他们认为，那么多国内外权威专家都久攻不下的一个世界性难题，难道就能在一个普通农校老师手里攻破？

但袁隆平依然坚信他的技术路线是对的，只是比他预料的要漫长和曲折得多。

当西伯利亚的寒流又一次袭来，从愁云惨淡的天空又传来了大雁悲怆的鸣叫，袁隆平带着两个助手又上路了，这次他们将要奔赴云南省元江县。元江，位于云南省中南部，是一个多民族聚居区，古称"西南荒裔"。

这里虽说是大西南的一个偏远荒凉之地，但对于育种来说，有得天独厚的优势。由于受印度洋西南暖湿气流和太平洋东南暖湿气流的影响，空气湿度大，雨水充沛，日照充足，冬暖夏热，是一个天然的育种温床。这里的山地气候还特别独特，"山顶穿棉衣，山腰穿夹衣，山脚穿单衣"，这有利于物种的多层次、多元性繁衍，也有利于种子在不同的自然环境中进行适应性试验。

袁隆平等人抵达元江县城澧江镇时，已是1969年的尾声。这里的生活条件还算不错，他们租住在元江县农技站的一间无人居住的平房里，里边竟然有床铺。尹华奇惊喜地叫了起来："哈，袁老师，咱们终于可以睡在床上了！"这话让袁隆平眼睛顿时一热，这位从不掉泪的硬汉子，其实也有一副柔软的热肠，人心都是肉长的啊。这么多年来漂泊育种，他们还真是难得睡在一张床上，他自己受苦受累不说，让两位年轻的学生跟着自己受苦受累，他总觉得于心不忍。

放下行囊，第一件事就是把随身带来的种子浸下了水。育种的第一步就是浸种。浸种的目的是使种谷较快地吸收水分，达到能正常发芽的含水量，可以起到催芽的效果。就在种子将要萌芽之际，又一个新年来临了。那些能歌善舞的傣族同胞头上插着孔雀羽毛，敲打着系着花绸带和彩球的象脚鼓，欢欣鼓舞地迎接1970年的元旦，也迎来了20世纪70年代。在那个喜迎元旦之夜，袁隆平拉起了小提琴。他走到哪里，就会把小提琴带到哪里。他最喜欢的小提琴曲《行路难》，不是由音乐家创作的，而是由一个科学家谱写的。曲作者是李四光，这位中国地质力学的创立者，也是中国第一首小提琴独奏曲的创作者。科学与艺术，科学家与音乐家，就这样完美地、浑然一体地交融在一起，你甚至分不清是科学升华了艺术，还是艺术升华了科学，当两者都达到了最高的境界，或许就殊途同归了吧。行路难，行路确实难啊，其立意与其说是深邃，不如说是遥远。李四光的初衷是抒写中国知识分子的苦难历程，却以更漫长的时间验证了科学探索之路的艰难。

谁也没有想到，元旦刚过几天，他们又遭遇了一场不可预测的灾难。袁隆平每晚都要看书到大半夜，这是他多年来养成的习惯，但他的睡眠非常好，脑袋一挨着枕头，睡意就袭来了。1970年1月6日凌晨，就在他渐渐进入深沉的睡眠时，忽然感觉到一阵摇晃起伏，仿佛躺在一条在风浪中颠簸的船上。他一开始还以为是在做梦，在梦中又回到了儿时在长江上跟着父亲逃亡的那条小木船上。但剧烈的摇晃让他很快就醒了过来，眼看房子摇摇欲坠，天花板上的石膏板噼噼啪啪地往下掉，他立刻就明白发生了什么。他从床上一跃而起，赶紧拍醒两个还睡得挺沉的年轻人："啊，快起来，地震了！发生地震了！"

这就是载入中国地震史的滇南大地震，据国家地震台测报，震级超过里氏7.2级。

三个人光着膀子从屋里冲了出来，还没站稳脚跟，袁隆平猛地想到什么，种子，种子还在屋里啊！那是他们的命根子啊，其重要程度甚至超过了他们自己的生命。袁隆平一弯腰冲进了屋里，两个助手也紧跟着，奔进了摇摇晃晃的屋子，几个人一看，他们刚才睡过的几张床已被掉下来的砖瓦给压垮了，掩埋了。老天，幸亏他们刚才逃出来了，要不三个人都给活埋了。幸运的是，那装着种子的铁皮桶还在，一只铁皮桶被震翻了，水泼了一地，但种子只泼出来了一小半。袁隆平扑上去，以最快的速度把种子弄进桶里，又喊了一声"快走"，三个人一个人提上一只桶又奔了出来，那速度，简直像是从硝烟中冲出来的。好险，他们和死亡之间，只隔着一秒钟。

在那个天空和大地都摇摇欲坠的凌晨，他们守着种子，在屋前的一个水泥篮球场上一直待到天亮，从不远处的山上传来一阵阵闷雷声，侧耳一听，却不是雷声，那是被震裂的石头在屋后的山坡上翻滚。

这时，农技站的老支书匆匆赶来了，一见他们就喊了起来："老袁，这里不是久留之地，你们还是赶紧转移吧！"他的声音有些发抖。

袁隆平摇了摇头，他指着浸在铁桶里的种子说："书记啊，这种子马上就要播种了，我们怎么能离开啊！如果误了农时，我们这么远跑来，就白来了，这一茬种子就断代了啊！"

老支书看了看袁隆平那执着而坚定的神情，就不再劝了，他明白他就是劝也是白劝。他走了，但过了一会儿就给袁隆平抱来了一大包塑料布。袁隆平心里一阵感动，也一下子明白了他们接下来的处境。他们租住的房子虽然没有轰然倒塌，但已四处开裂，连屋门都已扭曲变形，一看就是危房。他们只能在那个水泥篮球场上用塑料布拉起一个帐篷。在接下来的三个月里，余震一直不断，他们白天搞试验，晚上就睡在帐篷里的草席上。育种人的命就是这样苦，好不容易能有张床睡了，结果没过几天呢，床被砸塌了。既是命，那就得认了。

当种子萌芽后，他们就在摇晃的大地上播种了。一粒粒种子像睡在摇篮里的婴儿一样，无忧无虑，渐渐生根。试验田里很快就泛出一片鲜活的嫩绿，又在阳光与春风中化作一片葱茏。师徒三人赤着脚，坐在田坎上，看着悠悠摇曳的秧苗，回忆起这么多年来的育种经历。山洪、地震、台风、毒蛇他们都遭遇过了，还经历了两次毁苗事件，但他们就像唐僧师徒去西天取经一样，每回都能大难不死，绝处逢生，真是奇迹啊！然而，直到现在，他们还没有取到真经，尚停留在试验阶段。但袁隆平坚信，那一粒神奇的种子是存在的，也是能够找到的。他这样打比方："这好比一个人听收音机，他收不到信息，就愣说人家电台没播音，这是没有道理的。科学这个东西是不讲情面的，它不会因为谁是专家就青睐谁，成功的阶梯永远铺在勇于探索者的脚下。"

他也反复思索过，他觉得自己的思路并没有错。问题到底出在哪里呢？很多事还真是当局者迷。长久的沉思之后，袁隆平才意识到，他们虽说走出了雪峰山，把中国南方都变成了他们的试验田，但一直没有跳出栽

培稻的小圈子。这么多年来他们一直在选用栽培稻作为亲本材料，利用人工杂交培育雄性不育系，实际上已经形成了一种经验惯性和思维定式，他们就这样被卡在一道瓶颈里了，若要从中突破就必须打破思维定式，而人的思维空间是无限的。有人这样比喻，思维就像曲别针一样，至少有亿万种可能的变化。也正是这种对思维定式的觉悟和改变，让他脑子里的灵感又一次乍现，又一次豁然开朗，倘若能够利用远缘的野生稻与栽培稻杂交，通过核置换的方式，创造出新的雄性不育材料，从而培育出雄性不育系，是否会从根本上突破呢？尽管此时这还是一个假设和问号，但接下来的科学事实将验证，这是一个正确的思考和选择。袁隆平和他的助手最终就是沿着这个思路获得了根本性突破。

"从亲缘关系较远的野生稻身上寻找突破口。"这是袁隆平做出的又一个决定性的思考与选择，接下来依然是大海捞针般的寻找。他要寻找的不是一般的野生稻，而是与栽培稻有某种关联、同栽培稻杂交能产生雄性不育后代的野生稻，那是栽培稻遥远而有着神秘血缘关系的远亲。如果能够找到，那将是他生命中的第三株水稻，也将是杂交水稻科学探索之路上的第三个神奇发现。

袁隆平这次云南之行，虽说遭遇了一场大地震，但祸兮福所倚，还真是不虚此行。经过小半年的辛勤培育，他们又繁育出了一代雄性不育的种子。而更重要的是，袁隆平又为未来的杂交水稻研究勾画出了一条思路，并在1970年4月搜集到了云南野生稻，用来做野栽杂交试验。说来又非常可惜，由于这次试验没有对野生稻进行短光处理（对感光性较强的品种进行短期光周期诱导处理，能促进发育，提早开花日期），袁隆平把野生稻栽在靖县的试验田里后，生育期太长了，最终没能抽穗，这一次野栽杂交试验失败了。

失败，失败，失败……

对于经历了太多磨难、太多失败的袁隆平，这个词实在太残忍。失败

20 世纪 70 年代的袁隆平（图片由杂交水稻展览馆提供）

不一定就是成功之母，也可能是接二连三的失败直至最终的失败。但读了很多英文科学经典著作的袁隆平，一直坚信英国化学家汉弗里·戴维的那句名言："我的那些最重要的发现是受到失败的启示而作出的。"袁隆平不但铭记着这句话，接下来，他还将验证这一科学箴言。

1970 年 7 月中旬，袁隆平又带着助手奔赴海南黎族苗族自治州南红农场，这里已是真正的天涯海角了。这次，除了李必湖和尹华奇两位助手，南红农场还派了几个技术人员来袁隆平的试验基地跟班学习育种技术，也可以说是袁隆平的学生和助手。其中就有一个为杂交水稻立下大功的人——冯克珊。白天，袁隆平和几个助手一起下田间劳动，手把手地给他

　　追逐太阳的人： 杂交水稻之父袁隆平

们传授杂交水稻育种技术，晚上还要给他们讲理论。他们这次来海南，除了南繁育种，还有一个更重要的使命：寻找野生稻。他们要寻找的不是一般的野生稻，而是野生稻里的雄性不育株。这和袁隆平此前找到的天然雄性不育株是不一样的，那种雄性不育株虽说也是天然的，没有经过人工培育，但是在栽培稻里发现的。按袁隆平的设想，既然栽培稻里有天然雄性不育株，野生稻里也就会有。这并非异想天开，而是生命的规律，当然，这种野生稻中的天然雄性不育株也是极为罕见的。

冯克珊虽说是初次接触袁隆平和杂交水稻研究，但他在这一方水土上土生土长，对这里的野生植物分布情况比较熟悉。听了袁隆平关于野生稻的描述，他立马想到在南红农场附近有一种老乡们所说的"假禾"，其外形和栽培稻极为相似，一般生长在沼泽、沟渠旁和低洼荒地，穗粒又小又少，一碰就掉，很可能就是袁老师要找的那种野生稻。但野生稻中的雄性不育株他还从未见过。寻找的希望强烈而又渺茫，却又充满了无尽的诱惑。从当年7月下旬一直到11月下旬，冯克珊几乎把记忆中每块野稻地都翻了个遍，就是找不到袁老师说的那种野生稻。一天深夜，他躺在床上辗转反侧，苦思冥想，还有哪个角落没有找到呢？一直想到东方欲晓，他才想到，还真有一个被遗忘的角落。那其实是一个最不该遗忘的角落，就在离南红农场不远的那座铁路桥下，有一片野稻地，他还没有去找过呢。

他一骨碌从床上爬起来，拿着手电筒就朝那儿跑。

那是1970年11月23日黎明，又一个必将载入史册的日子。

头天夜里下过一场雨，冯克珊走出屋子时，正是黎明前最黑暗的一段时刻。冯克珊打着手电，踩着一条烂泥路，走到了那片野稻地。一片死寂的沼泽里生长着一些稀稀拉拉的野生稻，它们正在抽穗扬花。他蹚进臭烘烘的沼泽里，很多东西忽的一下就在死寂中复活了，蚊子、虻子、夜蛾，黑压压地将他包围了。他一边挥手驱赶着这些可恶的小动物，一边打着手电一株挨着一株地寻找，还要看清楚每一朵花蕊里有什么异样。又是一个让他失望的结果，这就是一般的野生稻，他见得多了。一直找到天蒙蒙亮了，除了身上多了无数密密麻麻的红疙瘩，他什么也没有找到。他弯着腰瞧着这片稀稀拉拉的野生稻，低沉而疲倦地叹了一口气，就要回去了，一阵风吹来，一株有些异样的野生稻忽然闪现在他眼前。他使劲揉揉眼，生怕看错了。他还真是不敢相信自己的眼睛，他已经把所有的野生稻都挨个翻了个遍，怎么突然又冒出了这样一株奇怪的野生稻？难道它是突然间冒出来的？是上天赐予的？这其实也是人类在科学探索之路上的常态，无论你怎么搜寻，都有可能出现盲点，有时候甚至是灯下黑。他把手电的光芒瞄准了花蕊，越看越觉得这就是袁老师所说的那种野生稻，但他还没有太大的把握，若是袁老师此时在身边就好了，可袁老师去北京出差好几天了。袁老师的学生李必湖还在试验基地。他赶紧从烂泥里爬起来，去找李必湖，他在那条泥泞路上一路狂奔，一双赤脚踢得泥水四溅，在路上几次滑倒，滚了一身烂泥。

这些日子，李必湖也一直在寻找，昨晚回来时，已是大半夜了。他也累坏了，这时候正昏昏沉沉地睡着呢，一阵大呼小叫，把他给惊醒了。他睁开布满了血丝的眼睛，第一眼没认出是冯克珊，那泥糊糊的一身，就像一个在泥巴里打过滚的野人，浑身上下，只有两只眼睛露出来，还在冲着他一个劲儿地眨巴。冯克珊心里那个急啊，还没等李必湖反应过来，他就一把拽着他，奔向了那片野稻地。

李必湖这么多年来一直跟着袁隆平，早已炼就了一双火眼金睛，顺着冯克珊指的方向，他一眼就看见了那株有些异样的野生稻，扑通一声就跳进齐腰深的沼泽地，把站在一旁的冯克珊吓了一跳，他有点反应不过来。李必湖扒开杂乱的水草和别的野生稻，一株还处于半隐蔽状态下的野生稻，此时已被清晨的阳光照亮了，这株野生稻一共有三个穗子，看上去是三株，实际是一蔸，这是从一粒种子生长出来的、匍匐于水面的分蘖。李必湖观察了植株的性状后，又凑近稻花，观察花蕊，发现其花药细瘦呈箭形，色泽浅黄呈水渍状，雄蕊不开裂散粉。他初步估计，这应该就是他们一直渴望着、寻觅着的野生稻雄性不育株。当然，李必湖眼下还不敢确认这一发现将是多么神奇的发现，一切还有待于他们的老师袁隆平来进一步确认。

眼下，最重要的是要把这株野生稻移栽到试验田里，好好保护起来，否则一不小心就被那些老乡放养的水牛给踩坏了，甚至一口吃掉了。为了不损伤这稻子的根系，李必湖几乎是跪在淤泥里，用双手一点一点地把稻株连根带泥挖出来，那三个穗子更是一点也不能损伤，连一粒籽粒也不能脱落。然后，他又小心地将其捧到岸上，脱下衬衣，像包裹刚出娘胎的婴儿，把稻株连着泥巴一起包好，这一来，最少也有二十斤。他将其抱在胸前，就像抱着一个襁褓里的婴儿，既不敢抱紧也不敢放松，生怕一个闪失，就把那襁褓里的婴儿挤了、伤了。直到他和冯克珊把这株野生稻栽在试验田里，两人才长长地吁了一口气。当两人脱下沾满污泥的衣服到渠边涮洗时，才发现，他们的脚和小腿上，挂着几条又粗又长的蚂蟥，条条吃得如大拇指般粗，鲜红的血，顺着他们的小腿，一路滴在被烈日炙烤得滚烫的田野上。

袁隆平在当天就接到了李必湖发来的电报。他连夜挤上火车，火速赶回南红农场。连喘口气的时间都没有，他直奔试验田，立即拿出放大镜仔细观察。表面上一看，这株野生稻的性状与海南岛那些普通野生稻还真是没有什么差别，株型呈匍匐状，几乎是贴着水面生长，分蘖力极强，叶片窄，茎秆细，有长芒，易落粒，叶鞘和稃尖颜色为紫色，花粉的柱头发达外露，但其雄蕊的花药瘦小，黄色，不开裂，内含典型的败育花粉，和袁隆平在 1964 年发现的第一株天然雄性不育株相似，初步判断为花粉败育型完全雄性不育株。

他围着这株野生稻转了几圈，兴奋地说："高级，高级啊！"

"高级"，这是袁隆平惯用的重庆方言，意思是好得很，非常了不得。

他又马上采样镜检，进一步证实了这是一种极为稀罕的"花粉败育型野生稻"，袁隆平当即将其命名为"野败"。野稗，野败，后来很多人误会了，以为"野败"是野稗之误，还咬文嚼字，写信纠错，一个科学家，怎么连稗子的"稗"字都写成了错别字呢？其实，不是袁隆平的文化水平低，而是这些人的科学水平太低了。到如今很多人也搞不清野稗和野生稻有啥区别。由于其外形特别相似，很多人以为野生稻就是野稗子，其实，两者还是有很大区别的。野稗是稻田里的恶性杂草，也是混生于稻子间的一种常见的禾本科野草，既然同属禾本科，自然也和栽培稻、野生稻沾亲带故，但其亲缘则比栽培稻和野生稻的关系更为久远，其体内也蕴含着可以利用的优势基因，这也是袁隆平在未来将要开发利用的。不过此时，他

发现"野败"现场（图片由杂交水稻展览馆提供）

对"野败"的命名还真是与野稗没一点关系,"野败",就是"花粉败育型野生稻"的简称,其国际上的学名缩写为 WA。

这一发现,是杂交水稻科学探索之路上的第三个神奇发现。虽说不是袁隆平亲自发现的,却是根据袁隆平的一个"决定性的思考和选择"找到的。如果离开了袁隆平这个决定性的思考,如果袁隆平没有手把手地教给李必湖、冯克珊这方面的专业知识,这株野生稻就是长在眼皮底下,他们也不知道它有什么神奇的意义,那就是一蔸跟野草一样毫无用处的野禾而已。可以说,这一神奇的发现是袁隆平和他的助手们集体智慧的结晶。经实践检验,这一神奇的发现为杂交水稻三系配套成功打开了一个根本性的突破口。

把加法变成乘法

若要培育出一粒改变世界的种子,第一关就是三系配套,这也是国内外杂交水稻研究者一直难以攻克的一道难关,早已有人预言:"三系三系,三代人也搞不成器。"

发现"野败",这还只是一个突破口。"野败"除了天然雄性不育的性状外,其他性状基本上与普通野生稻一样,在生产上并没有直接利用价值,必须通过转育、人工授粉杂交,才能把它那野生的、天然雄性不育的基因转入栽培稻,进而培育出可用于生产的品系材料。所谓"材料",这是严谨的专业术语,一粒种子只有通过种子管理部门的严格审定才能称之为种子或品种,才能在大田推广播种,而在此前还只能叫作"材料"。

当李必湖、冯克珊将"野败"移栽到试验田后,它的身份就改变了,成了一个用于科学试验的材料。这是一个天生的"野寡妇"，这个比喻有点粗俗，却很形象。袁隆平必须先给它找"丈夫"来配对，所谓杂种优势利用，一个根本性的突破口就在这里。从科学原理上说，袁隆平先以"野败"为母本，再以优良的栽培稻为父本，进行远缘杂交，这样就可以拉开其亲缘距离，利用其杂种优势。但"野败"从沼泽里移栽到试验田时，还只开了几朵花，一朵花只能结出一粒种子，还有一些花朵没有开。为了看护好这个稀世珍宝，袁隆平和他的助手们连续五天轮番守在田里，等它进一步扬花、结籽，袁隆平笑称这是"守株待花"。其实这并不是单纯的守望，这个过程也是一个观察、琢磨、试验的过程。在袁隆平琢磨它时，这家伙好像也在故意琢磨人，每一朵花都开得特别慢，每开一朵，那几个年轻的助手就要惊呼一声，伸着脖子把脑袋贴着花看。这还真是看稀奇，全世界也没几个人能看到，实在太稀罕了。袁隆平拍拍他们的脑袋瓜，让他们闪开，他一手拿着一把细长的镊子，一手拿着放大镜，像个经验丰富的大夫做手术一样，夹着栽培稻的雄蕊花粉与"野败"的花蕊杂交。接下来，还要观察其结实情况。这又是一个细致而缓慢的过程，那长时间的观察，让每一个守望者的脖子都硬得发酸。

结果令人有些失望，这一株"野败"的结实率很低，共结出十一粒种子，结实饱满的有效种子仅有五粒。但这五粒种子，每一粒都将成为改变世界的种子。

刚收获的种子还有一段时间的休眠期，不能在第一时间立即播种。在种子处于休眠状态时，袁隆平和助手们不能眼睁睁地等待种子苏醒，他们又采取"割蔸再生"的方式搞无性繁殖试验。这方法就像割韭菜一样，将水稻根部保护好，过不久，禾蔸就能再生出秧苗，还可以大量分蘖，培育出更多的秧苗，结出更多的种子。

种子的神奇就在于其源源不绝的繁衍力。那五粒杂交种子在 1971 年春天开始加速繁殖，袁隆平和助手用二十多个优良栽培稻品种与繁育出来的

"野败"种子杂交，又获得了两百多粒杂交种子，而一蔸"野败"通过"割蔸再生"繁殖，也扩大到了四十六蔸，这四十六蔸雄性不育株，均达到和保持了百分之百的雄性不育率。再拿哥德巴赫猜想来比喻，至此，他已经证明了"7+7"，而实现三系配套，仅仅是杂交水稻培育成功的第一关，仅在这个第一关里，就得闯过三道难关，必须培育出一系列的不育系、保持系和恢复系。这三系，一个都不能少。没有三系，怎么配套？

当时，除了袁隆平科研小组，全国各省区也有不少科研人员搞杂交育种研究，在科研设备、技术条件上比袁隆平他们占有优势。袁隆平科研小组最大的优势，就是拥有了"野败"这一几乎绝无仅有的试验材料，这也可以说是他们的秘密武器。然而，匪夷所思的事情发生了，袁隆平在发现"野败"的第一时间，就向国内同行通报了他们的最新发现，随后又将他们繁育出来的种子和"割蔸再生"的"野败"雄性不育株无偿地分送给全国十三个省区的一百多位科技人员。一时间很多人都不可理解，议论纷纷，袁隆平搞了这么多年的杂交水稻还没搞成器，只怕是脑壳里进了水咧。他将"野败"的种子分出去，所有人一下子就站在了同一起跑线上，他还有什么优势可言？说不定他还没搞成功，别的人就捷足先登了。不说别人，他的学生和助手一开始也觉得难以理喻，他们原想把这材料封锁起来，自己关起门来搞试验，没承想袁老师来了这么一手，莫不是吃错药了？他们气冲冲地来找他，要问个明白。袁隆平一看他们来"兴师问罪"，嘴巴一咧，呵呵地露出了他那"刚果布"式的笑脸，黑黢黢的一张脸，那满口牙齿显得特别白，吸了这么多年烟，竟然一点也没变黑。他的脑子也像他的牙齿一样，明白得很，"大伙儿一起上吧，众人拾柴火焰高嘛"。

说是这么说，又有多少人会像袁隆平这样想、这样做。即便到了今天，还是有些不可思议。若从自身的功利来考虑，没有人会干出这样的傻事。这就只能换一种方式来解释了，那就是如今很多人已经不屑一顾也不相信的东西——信仰。科学不是信仰，一切必须拿证据说话。但科学家应该有信仰，有信仰自有境界，有境界自有高低。所谓信仰，其实也没有我们想象的那么深刻，如加缪所说："每当我似乎感受到这世界的深刻的意义的时候，总是它的简单震撼了我。"袁隆平的信仰也很简单，他搞杂交水稻研究，从一开始就不是为了一己私利，这么多年来，他一心想着的，就是要早日培育出一粒增产粮食的种子，让中国人把饭碗牢牢地端在自己手里，让天下苍生不再挨饿。只要能达到这个目标，他不怕别人超越自己，不在乎谁先成功，谁能把杂交水稻搞成功了，谁解决了老百姓的吃饭问题，他都打心眼里高兴，这是他的初心，也是他的信仰。当一个人把自己的信仰奉为自己的行为准则和终极目标，一切都变得非常简单了，没有什么匪夷所思的，没有什么不可思议的，没有什么难以理解的。

第一批种子分下去，每个省区只分到了十几粒种子，但每一粒种子都是无价之宝。

当时，全国杂交水稻研究还处于纷纭而又茫然的状态。很多人还在搞人工去雄，而一粒粒"野败"的种子让所有的科研人员瞄准了一个共同的目标，那就是以"野败"为母本，发起一场大范围的将"野败"转育成不育系的协作攻关。一粒粒种子在神州大地播下希望，这就像那远古传说中的神农撒种、"天雨粟"，袁隆平后来被誉为"当代神农"，其实不是神话，而是实话。如果不是袁隆平科研小组的无私奉献，中国杂交水稻研究的进程不可能那么神速，一下就超越了全世界。

从 1971 年早春开始，袁隆平和他的科研小组再也不是"孤军奋战"了。一个冷清而遥远的南红农场，成了全国杂交水稻协作攻关的大本营，全国十八个省区的育种人员纷至沓来。为了避免各自为战的局面，由中国农业科学院牵头，成立了"全国杂交水稻科研协作攻关小组"，袁隆平任技术总顾问。这对于袁隆平来说，其实是一次"迟到的加冕"，长久以来，他就是中国三系法杂交水稻的总设计师，一切都是按他的技术路线推进。

袁隆平不但在分享育种材料上毫无保留，对自己苦心钻研了多年的杂

袁隆平赴超级稻攻关示范基地查看水稻生产情况

交水稻育种技术也毫不保密。当时，全国各省区的南繁协作组轮番来请袁隆平去指导，他是有求必应，招之即来。那时，数十家育种单位并没有集中在一起，大多散布在南红农场的各个角落，有的还在周边的乡村，近则十几公里，远则几十公里，又没有车辆，那一条条通往田间的灰土路，一下雨就变成了烂泥坑，连自行车也没法骑。大多数日子，袁隆平只能靠自己的一双大脚板在烈日炙烤得滚烫的土路上来回奔走。每到一块试验田，他就像走进了自己的试验田，一点也不见外。当他发现不少科研组在同一层面上搞重复试验时，又根据他们各自的特长及时调整了他们的主攻方向，有的主攻不育系，有的主攻保持系，有的主攻恢复系。这又是他做出的一个重大调整，也可谓战略布局。科学的本义，就是"分科而学"，哪怕在同一领域里也要进行细化分类，从不同的侧面或层面去突破，把好钢用在刀刃上，才能集中力量攻克某一难点。如果每个科研组都能取得一点突破，就能集腋成裘，形成一个完整的体系，如此，无论从局部还是全局看，都能达到事半功倍的效果。这也是他一贯的思维：把加法变成乘法。

为了让那些初来乍到的育种人迅速进入角色，袁隆平还时常在田边支起小黑板给他们讲课。在大太阳底下讲课时，他自己对着阳光，总要把阴凉一面留给学员。学员们纷纷礼让，他笑呵呵地说："你们就别让来让去了，我一个人对着太阳，能给几十上百号人留点儿阴凉，从优选法上看，这是最佳选择啊！"他很会讲课，这样笑呵呵地，自然而然地，就把话题导入了主题，从原来传统的常规选种，到杂交水稻和水稻的杂种优势利用，就是优选法，没有最好，只有更好。他一会儿打手势，一会儿打比方，哪怕再艰深、再枯燥的问题，他也讲得妙趣横生，却又准确无误。就在那朗朗的笑声中，太阳一直明晃晃地照在他那黑而瘦削的脸颊上，汗水一直没干过，那小黑板都被太阳晒得开裂了。

若是哪个协作组遇到了问题，他比那些遇到了问题的同行还焦急。

福建协作组也在第一时间分到了"野败"的种子，但在南繁育种试验中，由于在技术上出了问题，秧苗全都坏死了。这可把他们急坏了，他们怎么好意思再去找袁隆平要种子啊。就在他们望着坏死的秧苗一筹莫展时，一个熟悉的身影走来了，他带来的不是种子，而是比种子还宝贵的"野败"第二代不育株。原来，袁隆平听说他们的秧苗坏死后，立马就把自己试验田仅有的一兜"野败"第二代不育株连着泥巴挖了一半，用塑料袋包好，亲自给他们送来了。几个育种人一齐抬起头来看着袁隆平，就像身陷绝境的人，忽然有人向你伸出了援手，本能的反应就是想要紧紧抓住他的手。这双像农人一样粗糙的、沾满了泥巴的大手，在反复的试验中，被划破了一道道口子，手上的皮都翻了起来，经太阳一照，那伤口中便深深浅浅地透出血色。这双手就这样带着泥土、带着伤口，几乎伸向了所有参与协作攻关的育种人，还将伸向世间所有的生命。

　　说到福建协作组，就不能不提到一个人——谢华安。那时他刚刚踏进杂交水稻育种的门槛，一到海南，他就到处拜师取经。大伙儿都是搞粮食的，可那时大伙儿也都是凭粮票吃饭，那像命根子一样的种子可不能当饭吃。谢华安有时候在烈日下走了大半天路，走到一个育种基地，看了人家的试验田，请教过了，到了吃饭时间，也没谁留你吃饭，又只能饿着肚子，拖着两条像灌了铅一样沉重的腿，赶回自己基地吃饭。这还算好的，虽说一路饿得头发昏，但总算不虚此行。还有一些单位把自家的篱笆扎得很紧，不但没人请你吃饭，还时常会吃个闭门羹。但袁隆平的育种基地是向所有人敞开的，你想看什么他都给你看，你有什么问题，他都一五一十地给你解答。到了吃饭时间，他还要热情地留你吃了饭再走，你要跟他讲客气，他就像一个热情好客的老农一样拉着你不放："嗨，都到了吃饭时间了，你怎么能走呢，不就是多双筷子多只碗嘛！"每次他留客人吃了饭，却怎么也不肯收人家的粮票和饭费，左推右挡，跟打架似的。这让管伙食的罗孝和犯难了，那时的粮票、伙食费都是按人头定量，从哪里支付这餐饭钱呢？罗孝和一气之下，决定狠狠报复一下袁老师，就把客人的粮票、饭钱都记在了袁隆平的名下，"哼，你袁老师一个月几十块钱的工资，一天两毛七的补助，穷得吸生烟丝卷的喇叭筒，看你心疼不心疼！"

　　让谢华安念念不忘的哪里是一饭之恩，而是袁隆平的人生境界，心底无私天地宽啊！谢华安也没少遇到过另一种人，他们生怕别人超过了自己，一看别人有什么压倒自己的优势，就要想方设法捂住你、压住你，不让你出头。而袁老师一心想着怎样让大伙儿把各自的优势发挥出来，你有你的优势，我有我的优势，这何尝不是利用人类的聪明才智进行一场科技杂交。也只有这样，才能形成一个优势组合的团队，把加法效应变成乘法效应，对优势进行最有效的利用，产生事半功倍的几何级效果，这与人类对杂种优势的利用如出一辙啊。

在短短两年的时间里，袁隆平这个总顾问和总设计师充分调动了各个科研小组的优势，让每一个育种人都能淋漓尽致地发挥作用，他和他的助手们，加上来自全国几十个科研单位的近百名科研人员，选用上千个品种以"野败"为母本进行了上万个测交和回交转育试验，这大大增加了杂交组合的选择概率，大大加快了三系配套的进程。这里又有两个必须进行一下科普的专业术语：测交和回交。杂交育种的初级阶段主要是品种间杂交，而回交育种又是杂交育种的一种重要方式，即从杂种一代（F1）起多次用杂种与亲本之一（母本或父本）继续杂交，由于一再重复与该亲本杂交故称回交。这种回交的过程其实也是一种测交，通过反复试验检测其遗传基因的稳定性，最终目的是育成纯合度高的品种，而这个过程并非在实验室里能够完成的，每一次杂交、回交都需要用一季稻子来做试验，只能在试验田里进行。

后来，谢华安根据袁隆平三系配套的技术路线，育成了堪称一代天骄的杂交组合"汕优63"，创造了连栽时间最长、推广速度最快、推广面积最大、增产稻谷最多等世界稻作史上的几个第一。谢华安后来当选为中国科学院院士，被誉为"杂交水稻之母"。当有人把他与袁隆平相提并论时，谢华安院士总是谦逊而又充满感激地说："我和老师相比是有层次差别的，袁老师是中国杂交水稻领域的开拓者、奠基者，我培育的一些品种虽然推广面积较大，产量较高，但毕竟是站在巨人的肩膀之上啊！"

1972年9月，袁隆平和周坤炉等助手在攻克三系配套关中一马当先，他们在长沙马坡岭试验田，利用"野败"和不同的籼稻、粳稻杂交，于当年率先育成了我国第一个用于生产的不育系"二九南1号A"及同型保持系"二九南1号B"，经过连续三年共七代的测交和回交，十个株系共三千株试验稻，终于达到百分之百不育且性状与父本完全一致的标准。百分之百，这意味着，三系配套，成啦！

到了1973年，"野败"已繁育出了数万株，全是百分之百的雄性不育株。

袁隆平兴奋地说："这个时候，我如释重负，感觉终于看到曙光了！"

随着我国第一批"野败"细胞质骨干不育系及其相应的保持系宣告育成，三系配套只差恢复系了。事实上，"野败"不育系的选育和恢复系的选育是同时起步的，但在恢复系上却一直难以攻克。此时，又有人发出了这样的预言：袁隆平在 20 世纪 60 年代搞不育材料一直难以育成百分之百的保持系，而在发现"野败"后，终于攻克了保持系这一难题，但又找不到恢复系。这虽说是一个幸灾乐祸的预言，但也一下切中了育成恢复系的难点。雄性不育株，原本就是先天性的不育症，其体内有先天性的不育基因，人类可以利用它，但又必须彻底治愈它，由于隐性基因的控制，实在是太难了。但面对这种绝对化的预言，袁隆平这位三系法的总设计师只是一笑置之，尽管恢复系还未找到，但从已发现的具有恢复基因的苗头看，他做出了乐观的预言："用不了多久，恢复系就一定会筛选出来。"

当年，在不育系和保持系相继突破的基础上，袁隆平和全国协作攻关的科研人员将三系选育的重点转入恢复系，方法以测交筛选为主，广大科技人员广泛选用长江流域、华南、东南亚、非洲、美洲、欧洲等地的一千多个品种进行测交筛选，找到了一百多个具有恢复能力的品种，袁隆平、张先程等人率先在东南亚品种中找到了一个优势强、花药发达、花粉量大、恢复率在百分之九十以上的恢复系，为三系配套再立新功。

走到这一步，以哥德巴赫猜想来比喻，就是从"7+7"一下推进到了"4+4"，这还真是突飞猛进，这也是袁隆平的算术方法，把加法效应变成了乘法效应，才能产生这样的效果。而三系大功告成，三系配套就可以顺理成章地实现了。

1973 年 10 月，又一个金秋季节。"喜看稻菽千重浪，遍地英雄下夕烟"，一代伟人毛泽东的诗句写出了袁隆平和那一代育种人的豪迈心情。他们一个个意气风发，从全国各地赶赴太湖之滨的鱼米之乡苏州，这里是全国九大商品粮基地之一。他们赶到这里，来参加科学盛会——第二次全国杂交水稻科研协作会议。这些参与杂交水稻协作攻关的科技人员，每一个都付出了自己的汗水和心血，很多人都做出了创造性的贡献。"遍地英雄"，在中国杂交水稻的试验田里，真是遍地英雄啊！这次会议，也是一次胜利大会师。就在这次会议上，袁隆平正式宣布全国籼型杂交水稻三系配套成功，这标志着我国水稻杂种优势利用取得了重大突破，这一年也被公认为中国杂交水稻诞生的元年。

袁隆平作为中国三系法杂交水稻的总设计师，若要盘点他在杂交水稻上取得的第一个实质性的科技成就，就是他在中国率先开展三系法杂交水稻的研究，并率先成功实现了三系配套。但这位虚怀若谷的科学家，从未

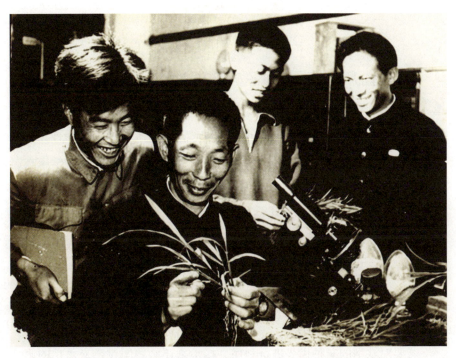

袁隆平攻克三系配套关（图片由杂交水稻展览馆提供）

把杂交稻的成果归为一己之功，他一再强调："集体的力量和智慧才是巨大的，在团队的智慧面前，任何天才都显得微不足道。"

协作精神，是科学精神的一个突出体现。尤其是现代科学，一个科研项目往往就是一个系统工程，必须依靠多学科和社会多方面的协作与支持才能完成。直到今天，袁隆平仍对为攻克杂交水稻难关在全国十三个省区的十八个科研单位进行的科研大协作感慨不已，对所有参与协作攻关者付出的心血也充满了感激："如果没有这样的大协作，杂交水稻研究决不会取得今天这样世界瞩目的成果。"

牛皮不是吹的

三系配套成功了，杂交水稻诞生了，但这还只是杂交水稻闯过的第一道大关。

这里又有两个在科学上不能混淆的概念，杂交水稻和水稻杂种优势利用是不能画等号的。在中国杂交水稻实现三系配套之前，日本科学家在高度保密的状态下，在1968年实现了三系配套，至今却无法在生产上推广应用，究其根本原因，就是其杂种优势无法利用，甚至根本就没有杂种优势。而农业科学是应用科学，从应用科学的本质看，一项科研成果无法得到实实在在的推广应用，对水稻的杂种优势利用亦如纸上谈兵，没有任何实质性的价值。无论你付出了多么大的代价和努力，最终的结果，一切归零。

若要对水稻的杂种优势进行利用，接下来还必须闯过杂交水稻的第二道大关——优势组合关。何为优势组合？简而言之，杂种优势不是某一两个性状单独表现突出，而是许多性状综合表现突出。杂种优势是生物界普遍存在的现象，在生长势、生活力、繁殖力、抗逆性、产量和品质等方面都会体现出优势，往往需要把其优势组合起来，加以综合利用。举个例子，如果一个杂交水稻品系拥有高产优势，但其抗逆性差，既不能抵抗病虫害，又经不起一点风雨，风一吹就倒了，就会招致减产，就是再高产，也被减产抵消了，甚至颗粒无收。

一切，又要从试验开始。1972 年春夏之交，袁隆平将"野败"与栽培稻杂交转育成功的种子，播种在湖南省农科院在长沙马坡岭的试验田里，与常规品种进行对照试验。这块稻田很小，仅有四分地，但意义重大，验证杂交水稻是否具有优势，这个重任就落在袁隆平的助手罗孝和身上了。

罗孝和比袁隆平小十来岁，和袁隆平兴趣相投，性格也挺相似，都是那种天生的乐天派。袁隆平是冷幽默，罗孝和却成天乐呵呵的，在湖南方言里"罗"和"乐"谐音，"孝和"又与"笑呵"谐音，大伙儿便叫他"罗呵呵"（乐呵呵）。他于 1961 年毕业于湖南农学院（今湖南农业大学），此后一直在母校执教。1971 年，湖南省成立了杂交水稻研究协作组，罗孝和主动请缨，被抽调到协作组，他和此前提到的周坤炉继李必湖、尹华奇之后，成为袁隆平科研团队的第二批（第二梯队）成员。这是一个在未来将要为杂交水稻开创多个史上第一的育种专家，不过此时的他才三十多岁，还年轻，在杂交水稻科研之路上刚刚起步，这也让他闹出了不少"笑话"。

这里先从"袁隆平三服（三伏）罗孝和"的故事讲起。罗孝和虽说自告奋勇加入了袁隆平的团队，但他一开始对袁隆平还有点不服气。这其实也在情理之中，他是一个大学教师，而袁隆平却一直在一所山沟里的中等农校当老师。一个教大学，一个教中专，这样一比，他就觉得自己占有很大的优势。一见面，他就想探一探袁隆平的深浅，半开玩笑说："袁老兄，现在我已归你管了，你能不能露两手功夫给我看看呢？"

袁隆平一听，这小子有点"来者不善"啊！他笑了笑说："罗老弟，你要想学到真功夫，我劝你先从孟夫子开始。"他说的孟夫子不是孔孟之道的那个孟子，而是现代经典遗传学的奠基人孟德尔。罗孝和在大学里所学所教的遗传学主要是米丘林、李森科的那一套，对孟德尔、摩尔根的遗传学基本上是持批判的态度。当时，全国上下正在掀起"文化大革命"的新高潮，"宁要社会主义的草，不要资本主义的苗"依然是喊得惊心动魄的口号。袁隆平竟然要罗孝和学习孟夫子，在当时不管是中国的孟夫子还是西方的孟夫子，都是口诛笔伐的批判对象。袁隆平说出这样的话，那可是一个把柄，很可能会带来想不到的灾难。但袁隆平性格耿直，想到什么就说什么，罗孝和也是个性格耿直的人，一听孟德尔的名字，他就一脸的批判态度了："孟德尔是资产阶级理论，我们学的是米丘林的遗传学！"

　　袁隆平也不跟他争辩，心想，你不相信孟夫子，总得相信科学吧，科学就要拿证据来说话，纯粹在理论上争论只能越来越不着边际，还是眼见为实吧。他把罗孝和带到一片试验田，指着那些参差不齐的秧苗说："这是杂种二代（F2）发生的性状分离，按孟德尔的分离规律，应该是三比一。不信，你可以数一数看。"罗孝和挽起裤腿下田数了一遍，又按单位面积默算出了一个结果，果然是三比一。"没错，这也许是偶然现象吧！"他还是将信将疑。

　　袁隆平一看，这家伙还挺固执，又把罗孝和带到了另一块试验田，让他再数数看。看着罗孝和那股倔强的劲儿，他倒是越来越欣赏这小子了。尽管罗孝和在一条迷途上有些执迷不悟，但他这较真的劲儿恰恰体现了科学的求真精神。科学的每一个结论，都必须依据精确的数据和理性的分析，才能在严格确定的科学事实面前做出自己的判断。结果，罗孝和一连看了三块试验田，每一块都仔细数过了，其性状分离的比例都是三比一，这就绝对不是偶然现象了。他这才心服口服，对袁隆平真有相见恨晚之感，心想，若是早一点认识了袁隆平，早一点开始钻研孟德尔的经典遗传学，也许就不会走这么多年的弯路了。

但生性好强的他，还是有点不服输，还想跟袁隆平再比试比试。他竟然提出来要跟袁隆平来一场游泳比赛。这倒不是他不自量力，他可是湖南农学院的游泳冠军呢，但他不知道袁隆平差点就当上了国家队的专业游泳运动员。袁隆平一听他要跟自己来一场游泳比赛，咧嘴一笑，又乐了。好哇，这么多年来还很少碰到对手，他还真是巴不得有个强劲的对手来向自己挑战呢。两人就把天涯海角的那个海湾作为赛场，罗孝和指着两百米外的一块礁石说："我们先来一轮蛙泳赛，看谁先游到那块礁石！"

蛙泳是罗孝和的强项，年轻也是罗孝和的优势，袁隆平笑称这就是表现在罗孝和身上的"优势组合"。袁隆平在这两方面都不占优势，可袁隆平在大风大浪中久经考验，他比初来乍到的罗孝和更熟悉这里的水性，也更懂得利用这里的水性来推波助澜，这是他的优势之一：抗逆性强。他也比年轻气盛的罗孝和更有耐力和持久力，这也是他的优势之一：后劲十足。当时，李必湖和尹华奇站在岸边当裁判，眼看罗孝和一头扎进水中就如离弦之箭，一口气就嗖嗖地游出了一百多米，袁老师至少落后十来米。李必湖心想，看来袁老师这次还真是遇到对手了。但接下来比的就不是速度了，而是比顶风破浪的抗逆性，比谁能笑到最后的耐力和后劲。此时，离那块礁石还有五十多米远，风浪突然大了起来，但袁隆平早已有了经验，他知道那片水域的风浪大，而罗孝和不知道，也不善于驾驭风浪，被一个又一个扑上来的巨浪打得晕头转向，他的耐力和持久力也显然不如袁隆平，很快就被袁隆平甩到了后边。当袁隆平游到那块礁石上，笑眯眯地看着罗孝和时，罗孝和还在不遗余力地游着，连吃奶的劲儿都使出来了。这又是罗孝和的可爱之处了，他明明已经输了，但他并没有放弃，好像还在跟自己比赛。这一轮下来，罗孝和输了，但他还是不服气，歇了一会儿，又提出要跟袁隆平比比自由泳。

这个玩笑真是开大了，但袁隆平没笑，他静静地看了看罗孝和，片刻之后，说："这样吧，我让你二十米！"

罗孝和一下急眼了："袁老兄，你也太吹牛了吧？"

袁隆平又狠狠刺激了他一下："我让你二十米，你也不一定游得过我。"

这强烈的刺激，让罗孝和热血沸腾，一下水就使出了浑身解数，游得激情澎湃，但他真不是一位自由泳健将的对手。袁隆平等到罗孝和游出二十米后才轻轻松松地下了水，又轻轻松松地超过了罗孝和。他一身轻松，游刃自如，几乎感觉不到海水的存在。罗孝和一看袁隆平那专业运动员的姿态，就知道自己根本不是袁隆平的对手了。这次，他输得心服口服。不过，他还想跟袁隆平比比别的。

罗孝和和袁隆平都爱下象棋，他又向袁隆平发起挑战了："袁老兄，我俩来几盘如何？"

袁隆平也是博弈的高手，他喜欢"仙人指路"式的开局，这是一种刚柔相济的布局，把先手让给对方，为马开路，因一子当先，意向莫测，还能试探对方棋路。这样的布局，初看平淡无奇，却暗含了变化丰富的后着。这是袁隆平在布局上最擅长的优势，他不知道，罗孝和最擅长的优势就是如何破解"仙人指路"式的开局，结果是，袁隆平两负一胜。这一次袁隆平输了，罗孝和笑了，他就像一位笑到了最后的胜利者："袁老兄啊，我这回总算胜过你了，以后咱俩不比别的，就比下棋！"袁隆平倒也输得心服口服："这几盘棋我已经尽了全力。我承认，你下棋还真是比我厉害，这是你的优势；你这敢于挑战、不肯服输的劲头我也特别喜欢，这也是你的优势。但你也要善于发现别人的优势，这样才能扬长避短，取长补短，把咱们的优势组合在一起。咱们也不能光比下棋，咱们要在稻田里比比看，罗老弟啊，如何？"

他故意模仿着罗孝和的口气，又用一种充满了热切期待的眼神看着他。

罗孝和被袁隆平那眼神深深打动了，他心悦诚服地说："袁老师，我罗孝和一辈子就跟着你干了！"

从此，他就改口把"袁老兄"叫"袁老师"了。

这就是"袁隆平三服（三伏）罗孝和"的故事，也是杂交水稻史上的一段佳话。罗孝和从此成为袁隆平科研团队的一员干将，在杂交水稻的科学探索之路上做出了许多重大的、突破性的贡献。这里且不说以后，只说眼前。袁隆平把马坡岭这四分试验田交给罗孝和来管理了。当时，国内外很多科学家依然认为水稻"自交无退化现象，杂交无优势现象"的那个"无优势论"正确。那么水稻到底有没有杂种优势？你说有，你就必须拿出实实在在的证据来。当袁隆平把这片试验田交给罗孝和时，又用一种充满了热切期待的眼神看着他："罗老弟啊，就看你的了！"

那个春天，阳光一直热情洋溢，这特别适合水稻的生长。对照试验，一边种着常规水稻，一边种着杂交水稻，一开始也分不出什么高下。罗孝和扑在稻田里，他像一个没有任何偏爱的父亲，照顾着自己的两个孩子，手心手背都是肉，一样地浇水，一样地施肥，必须保证它们在外在环境条件下享受同等的待遇，这样才能客观地分辨出种子的优劣。半个多月后，那秧苗就形成了鲜明的反差，对照品种的秧苗还只有六七寸高时，杂交品种的秧苗已蹿到一尺多高了。到了分蘖的时候，对照品种只有四五个分蘖，杂交水稻竟有七八个分蘖了。这个反差已经让罗孝和在心里暗暗吃惊了。要知道，那对照品种也非俗物，那是从常规稻中特意选出的优良品种，可在杂交水稻所表现出来的优势面前，一下就相形见绌了。罗孝和一开始还能沉住气，就像守着一个秘密一样，一点也不声张。但两种稻子越到后来，反差越大，眼看就到了抽穗、扬花的季节，一边是傲岸而又炫耀的杂交稻，抽出来的穗子又多又大；一边是矮了一大截的常规稻，长得也挺精神，穗子不小也不少，若是单独放在一边，那也是长势喜人的好稻子了，可同杂交稻一比，就成了十足的配角和陪衬了。

这让罗孝和对孟夫子的现代经典遗传学进一步信服了，对袁隆平的技术路线也深深地折服了。眼看杂交水稻的优势越来越显眼了，他觉得再也没有什么可保密的了，他甚至觉得可以提前下结论了，谁敢说水稻没有杂种优势？你到咱们试验田里去看看，那优势连瞎子也看得见。他还特别善于总结，见了谁都带着吹嘘的口气说："我们种的是'三超杂交稻'！"

哪"三超"呢？一是超过父本，二是超过母本，三是超过对照品种。

这个牛皮吹大了，连很多大人物都惊动了。湖南省农业科学院的领导，甚至还有省领导，都想来看看那"三超杂交稻"长成什么样子。不看不知道，一看吓一跳，牛皮还真不是吹的，那杂交水稻长得可真棒啊，就像鸡窝里飞出的一只金凤凰！他们一个个交换着惊喜的眼神，又一个个竖起了大拇指交口称赞：这杂交水稻有优势、有前途啊！这是喜不自禁的夸奖，也是满心满意的希望。对于那一代从饥荒岁月中走过来的人，在一个粮食依然紧缺的年代，谁都希望多打粮食啊。但也有一些人不买账，这些人倒也不是没安好心，他们也希望多打粮食，关键就在这里，这杂交水稻到底怎么样，还得到了收割时才知道。一句话，最终还得看到底能打多少粮食。

结果，命运又跟袁隆平和罗孝和开了一个大玩笑，到了秋收时，那在长势上一直保持强大优势的"三超杂交稻"，打出的谷子比对照品种要少，那稻草却比常规品种增加了七成，一眼看过去，只见稻草，不见稻谷。这下好了，那些原本就对杂交水稻不买账的人，看着那堆积如山的稻草，一个个摇头晃脑、长吁短叹："唉，可惜啊，人不吃草，人要像牛一样吃草呢，你这个杂交水稻那可真牛！"

这时的罗孝和，只恨自己把牛皮吹早了，恨不得找个地缝儿钻进去。他怎么也想不通，怎么会这样呢？怎么会这样呢？他又开始怀疑孟德尔的遗传学了，对那个"无优势论"也有些相信了，这条路好像真的走不通啊。

那些夸奖杂交水稻"有优势、有前途"的领导，这时候又一个个交换着失望的眼神，杂交水稻搞了这么多年，竟然搞出了这么一个结果，如果杂交水稻不能多打粮食，收再多稻草又有什么用呢？这让他们开始反思了，还要不要支持这个杂交稻搞下去呢？

别的人冷嘲热讽，最多是听着特别刺耳、难受，而这些领导的一个念头，则决定着杂交水稻的命运与前途。事实上，杂交水稻又走到了一个历史关口，一次决定杂交水稻命运的会议召开了。这次会议，除了有决策权的领导们，还有湖南省农业科学院的水稻专家，袁隆平和罗孝和也参加了。那时，绝大多数水稻专家都在搞常规水稻，袁隆平的杂交水稻科研组只是挂靠在水稻所，寥寥几个人，往会议室一坐，一看就是少数派。又加之杂交水稻的一个"牛皮"刚刚破产，袁隆平和罗孝和不像是来开会的，倒像是两个来接受审判的"罪犯"。那些对杂交水稻一向不看好的水稻专家，一个接一个地质问罗孝和，那激烈而尖锐的口气，不是在质问，而是在兴师问罪，他们认为罗孝和是中了孟德尔的流毒，掉进了"资产阶级唯心论"的陷阱。在那个特殊时代的特定语境下，这样的指责让罗孝和感到了巨大的压力，那压力有多大，一个脱离了时代背景的局外人是难以体会的。罗孝和一直低着头，在一个无可争辩的事实面前，他也只能认栽了。

对于袁隆平来说，那个压力就更大了。谁都清楚，罗孝和并非主角，袁隆平才是真正的"罪魁祸首"。但他却是一副坦然而心平气和的状态。其实，无论多么激烈的质问和指责，他都用心听着，他也一直在思考，问题到底出在哪儿。此时，他考虑的不是自己的命运，而是杂交水稻的命运。直到一位领导点名让他发言，他清了清嗓子，若有所思地开口了："结果呢，就不用我多说了，大家都看见了，我们的稻谷没有表现出增产的优势，而杂种优势利用的最终目的，就是增产，这是无可争辩的事实，我们这个试验是失败了。罗孝和已经尽心尽力了，他完全是按照我的设计方案进行的，这个失败的结果与他没有关系。作为这次试验的责任人，我应该承担起全部的责任。我辜负了大家的期望，对不起！"他深深地鞠了一躬。

这让那些原本想要质问他的人，态度一下软了许多，袁隆平这么多年来执迷不悟，终于在事实面前低下了头，只要知错能改，那也情有可原啊。他们都竖起耳朵来，看看袁隆平会做出怎样的反省、怎样的检讨。袁隆平又心平气和地开口了："我也一直在反省，为什么会出现这样一个结果呢？这个自花授粉作物究竟有没有杂种优势呢？这是大家争论的焦点，也是一个大前提。这次试验，表面上看，那就是一个无可争辩的结果，失败了，但换个角度一看，又恰好证明了另一个无可争辩的事实，大伙儿都看见了，水稻这种自花授粉作物，不但有杂种优势，还具有强大的杂种优势！"

这让大家一下瞪大了眼睛，短暂的惊愕过后又是一片哗然。

这个袁隆平真是死不悔改啊，他绕了一个弯子，还是回到了那条死路上。

一个专家拍案而起，大声质问他："你怎么连铁的事实都不承认？你说的那些优势在哪儿？难道那一堆稻草就是你说的优势？"

袁隆平竟然咧嘴笑了："正是！咱们杂交水稻的稻草比常规稻增加了七成，这不是优势是什么？透过现象看本质，我们这次试验又是成功的，至于这个优势是表现在稻谷上，还是稻草上，这不是水稻有没有杂种优势的问题，只怪我们的经验不足，在杂交优势组合上配组不当，结果使杂交稻的优势没有表现在稻谷上，而是表现在了稻草上。既然只是技术问题，那就不能从根本上否定杂交水稻，否定杂种优势。接下来，我们可以通过改进技术，选择优良品种重新配组，创造一个新的优势组合，使其优势发挥在稻谷上，这是完全可以做得到的。"

有理不在声高，袁隆平声音低沉，绝对不是理直气壮的那种口气，却用短短几句话，就把一个深奥而复杂的科学道理一下讲透了。有位德高望重的老专家，一直还没有发言，而他一旦发言就是一言九鼎。但大家都知道这位老专家的观点，他一直认为自花授粉植物没有杂种优势，搞杂交水稻研究没有前途。但他听了袁隆平的一番话，也开始连连点头了，有道理，有道理啊，对任何科学实验，还真得从不同的角度来看，这个水稻还真是有杂种优势，不能轻易否定。他当即表态，应该支持袁隆平把杂交水稻研究搞下去。他表态后，与会人员从大多数反对旋即转向了大多数支持。这大方向的转变，除了老专家的威望和影响力，也是袁隆平那番话起了作用。而最后拍板的还是领导，既然杂交水稻"有优势、有前途"，那就要支持袁隆平把杂交水稻搞下去，早日搞出成果来。

罗孝和那一直栽着的脑袋不知不觉又抬了起来，那弯曲的腰杆也慢慢挺了起来。散会后，他还没大没小地拍着袁隆平的肩膀说："袁老师，你那'仙人指路'的套路我刚才又见识了一遍，没想到你在棋盘之外运用得这样高明。高，实在是高！"

袁隆平也笑了："你这贼眼还真是毒啊，一下就被你看出来了。但博弈不是套路，而是一种辩证法，你是下棋的高手，如果将博弈与辩证法放在一起理解，那个想法兴许就会与我们的习惯性思维不一样。有时候一盘棋你感觉自己败局已定了，就灰心丧气了，甚至绝望地后退了。很多人不是想悔棋吗，但如果是博弈高手，他会看到，失败里面往往已包含着成功的因素，所以他能成为博弈的高手。那些失败者，却看不到那失败中已经蕴含着本质上的成功，发觉不了那表面的失败已经非常接近正确，结果就会把棋局走成败局，功亏一篑，可惜了啊！"

这话让罗孝和心里一震，他觉得袁隆平每一句话都说到了他的软肋上，刚才他就灰心丧气了，甚至绝望地后退了。他虽说在棋盘上胜过了袁隆平，在棋道上还差得远啊。

棋有棋道，稻亦有道，道可道，非常道。很多事说起来非常简单，但要把水稻的杂种优势从稻草上转到稻谷上又谈何容易。但只要遵循那个

苗天水稻梯田

"道"——从自然法则到科学规律，那个技术难题终究是可以解决的。"科学研究基于同一法则，即一切事物的产生取决于自然规律，这也适用于人们的行动。"袁隆平对爱因斯坦的这句科学箴言是坚信不疑的，而他那坚定不移的神态，又一次深深地感染了罗孝和。

经过两年多南繁北育的试验，到了1974年秋天，在三系配套成功一年后，袁隆平以自己育成的雄性不育系"二九南1号A"作为母本，选用"强优势恢复系IR24"配组，终于育成了我国第一个强优势杂交组合"南优2号"。当年，在安江农校的试验田中将其作为中稻试种，亩产突破六百公斤大关（628公斤），产量是常规水稻的两倍。随后，"南优2号"通过国家种子部门的严格审定，一粒蕴含着"野败"基因的种子终于走出了科学家的试验田，在生产上推广。这是我国第一个大面积生产应用的杂交水稻品种，标志着杂交水稻终于闯过了第二道大关——优势组合关。

若用哥德巴赫猜想来比喻，袁隆平又往前推进了一步，已经证明了"3+3"。

阳光扑面，袁隆平眼前的稻浪像大海一样波澜壮阔。

他又一次笑了："牛皮还真不是吹的，罗孝和吹牛的'三超杂交稻'变成了现实！"

最后一道难关

闯过了第二道大关，还有第三道大关，制种关。对于三系法杂交水稻，这也是最后一道难关。

每一粒小小的种子，都是一个系统工程。育出了好种子，还要制出好种子，更要有人用制出的种子来栽培出好稻子，一环一环，环环相扣。一项科研成果，尤其是在农业应用科学领域，如果不能从试验田走向老百姓播种耕耘的大田，不能从田野走向餐桌，也就失去了可推广的实用价值，更不可能成为一粒足以改变世界、改写人类命运的种子。

很多人都把育种和制种混为一谈了，其实根本不是一回事。育种和制种是两个密切关联却又不能混淆的概念。育种是一项创造性的工作，科技含量很高，指采用物理、化学、生物等方法，改变作物品种的遗传特性，改良和培育出高产、稳产、优质、高效的新品种，但培育出来的种子还不能在大田里推广应用，还必须制种；制种是将培育成功的作物品种投入批量生产（种子生产），只有先生产出大批的种子，才能在农田里大面积播种（粮食生产）。制种是一粒种子从育种家的试验田走向寻常百姓农田的关键一环，也是杂交水稻必然要迈出的关键一步，表面看，技术含量不高，也没有太多的创造性，批量生产，就是大批复制，然而，这却是一道让许多先行者望而却步的大难关。

从国际上看，日本、美国和国际水稻研究所（IRRI）在杂交水稻上都曾取得一度领先的研究成果，却又在制种关上死死卡住了，这让他们的成果一直只是"温室里的秧苗"，一直走不出科研人员的试验田。不能说他们没有努力过，他们的科研条件也比袁隆平不知要好多少倍，但无论他们怎么左冲右突，最终一直无法从根本上突破，也就不得不中断和放弃了。那一粒种子也只能胎死腹中。

对此，有人早已发出了一个宿命般的预言："即使你闯过了三系配套关、优势组合关，也难以闯过制种这一关，无法应用于大规模生产。"

在杂交水稻的科学探索之路上，可谓关山重重，没有一关是能轻而易举地闯过的。

袁隆平能攻下这最后一道难关吗？这就又得从发现"野败"说起。袁隆平首创的中国三系法杂交水稻，是利用"野败"这株野生雄性不育株培育出来的，但它的杂种优势只能保持在第一代（F1），若要将杂种优势延续下去，每年都要育种和制种。

在杂交水稻初创时期，一切都是因陋就简，一切都只能靠人工来完成。从浸种、催芽、播种育秧、移苗插秧，到之后一系列的田间管理，施肥、中耕、除草、喷药防病防虫、杂交授粉，最后收获种子，一环扣一环，一轮又一轮，都是极为烦琐而细致的劳作，如同永无尽头的轮回。袁隆平几乎一天到晚、一年到头都泡在汗水里，风吹日晒，汗水湿了又干，干了又湿，浑身长满了痱子，脑袋上还长了几个疖子。有时脚指头在水田里泡烂了，流血化脓，疼得钻心，他只能咬着牙忍着，连眉头也不皱一下，生怕自己的助手和学生看见了，把他从稻田里给拉出来。其实，这稻田里的每一个育种人、制种人都苦不堪言，若把他们比作辛勤的农民，还真是低估了他们的辛苦和劳累。一般农民都是日出而作，日落而息，中午可以回家吃饭、歇晌，刮风下雨也不用下田。可他们越是在中午最热的时候越是要坚守在田里，一到风雨天更不能离开稻田，生怕秧苗被雨水淹死了，被风吹倒了。他们不是一般的农民，而是搞科研的农民，除了像农民一样劳作，还要时时刻刻细心观察稻子的长势、病虫害情况、性状的变化，记录田间档案。入夜，他们还要做镜检，搞实验，殚精竭虑地解开一个个难题或症结。几年下来，袁隆平和他的助手们记载的试验材料竟有几麻袋，比陈景润证明哥德巴赫猜想的演算草稿还要多。

那些老乡看见他们这么苦、这么累，对他们充满了同情："我们原来以为你们是四体不勤、五谷不分的臭老九，现在才知道，你们比我们这些泥腿子还苦啊！"

袁隆平听了只是笑笑，他从不跟人提起自己有多苦多累。但看到他那双手，就什么都不用说了。杂交水稻制种的关键就是人工辅助授粉，先要割叶剥苞，扫除人工授粉的障碍。别看那稻叶一片葱茏，但稻叶上的毛刺就像锯齿一样，而割叶、剥苞、授粉都是特别细致的活儿，穿长袖、戴手套会影响效果，他只能光着两条胳膊，赤手在稻禾中工作，那臂膀上、手上便被划开一道道细小的伤口，渗出血痕。但对他来说，这一点伤害算得了什么，他一心想着的是不能让种子受到伤害，那神情，那轻手轻脚、小心翼翼的动作，就像精心呵护自己的孩子。

曾经有人这样感叹："如果杂交水稻能开口说话，一定会叫袁隆平一声父亲……"

他就是这样一位名副其实、当之无愧的杂交水稻之父啊！

然而，他这个杂交水稻之父，实在对不起的就是自己的父亲。

就在他苦攻杂交水稻的最后一道难关之际，他远在重庆的父亲重病住院，检查出是肺癌晚期，老人的生命已经进入了倒计时。当时，袁隆平的家人还在安江，他妻子邓则接到老人病危的电报后，没有告诉袁隆平，她把家事托付给自己的母亲，就从安江赶到重庆，在医院里尽心服侍老人。老人在弥留之际，一直迷迷糊糊地睁着眼，念叨着袁隆平的小名："二毛，二毛……"邓则看着奄奄一息的老人的泪水从眼角滑落，自己的泪水也在眼眶里打转，这是生离死别的呼唤啊。这次，无论如何，她也要给袁隆平发电报，让他赶回来见老人最后一面。但老人的神志一下又清醒了，他摇了摇头，艰难地说："不……不要他来了，别让他分心……他忙，吃饭的事，那是天大的事啊……"没过多久，老人就溘然长逝，邓则犹豫了很久，最终也没在第一时间告诉袁隆平。她太了解自己的丈夫了。事实上，就是袁隆平在第一时间知道父亲患上了绝症，他也无法赶赴重庆去见父亲最后一面。就是他在第一时间得到了父亲逝世的噩耗，他也同样不能赶到重庆为父亲送葬。他是三系法的总设计师，也是技术上的总顾问，在那个节骨眼上，他一刻也离不开制种田。那是他最忙碌的一段日子，夜以继日地连轴转，恨不得一天有四十八个小时。当一个迟到的噩耗传到天涯海角，他没有失声痛哭，却是长久失语。一个对父亲生不能尽孝、死不能送葬的"不孝之子"，背对大海，面朝大西南的方向伫立着，就那样长久地沉默着，那座存在于他生命中的山城，那个给了他生命和对他有养育之恩的父亲，在涌动的泪水中渐渐化作模糊而渺远的幻象。他是一个活得特别实在的人，一生中极少出现这样的幻灭感。香烟那一点颤抖的微光照亮他夹烟的手指，一直静静地燃烧，直到在他的指间燃尽、熄灭。十指连心啊，或许只有这被烟火烧灼的钻心的疼痛，才能稍稍减轻他心中的大痛。

他扔掉烟头，用脚跟使劲一踩，一转身又扑向了稻田。

那时的制种，又苦又累、极为烦琐，产量也低得可怜。袁隆平第一年制种，每亩田才收了十七斤种子，这在当时还算高产了，他的一个助手亩产只有两斤。一亩田只能生产出这么一点种子，算算投入的人力、物力还有时间成本，这投入实在太高了，效率也实在太低了，如果要在大田里推广应用，就算杂交水稻能大大提高粮食的单产量，在刨去种子的成本后，那个结果根本不用估算，得不偿失！

那么，症结到底在哪里？袁隆平以为，问题的关键在于水稻的花粉量不足。他通过对制种田的详细调查和计算，也证实了自己的这个判断，水稻单株的花粉量确实比玉米、高粱等异花授粉作物少得多。这是水稻的一个先天性问题，但从技术上看，要解决这一问题也不难，他在制种试验中采取多插父本，让母本紧靠父本种植，这样就可以增加单位面积的花粉量，让母本接受更多的花粉，问题就迎刃而解了。他那些助手和学生，以为又到了见证奇迹的时刻。然而，试验的结果与袁隆平的设想恰恰相反，母本接受了更多的花粉，种子的产量反而更低了。

袁隆平没有气馁，这么多年来，他经历得多了，很多在理论上看似行得通的技术路线，一到试验和实践就事与愿违，并非技术路线出了问题，其症结可能就在某个被忽视的细节上。袁隆平又开始反复观察，他发现，从制种田单位面积的花粉量来看，水稻的花粉量其实与玉米、高粱等异花授粉的差异并不大，譬如"南优2号"制种田，每天开花二至三个小时，平均每平方厘米可散花落粉四百五十粒左右，这个密度相当大，完全可以满足异花传粉的需要。看来，问题不是出在水稻单株花粉少这一与生俱来的症结上，影响制种产量的根本原因不是花粉不足，而是花粉散布不均匀、不精准，很多花粉都浪费了。在接下来的试验中，他抓住两个关键，一是要让父本和母本同时开花，这样花期才能相遇，提高受孕率；一是要在人工授粉时，使花粉散布均匀并精准地落在母本柱头上。这一次试验的效果让制种的亩产量翻了一番，十七斤种子变成了十七公斤。但袁隆平一点也高兴不起来，低了，还是太低了。

在攻克制种关时，袁隆平和他的助手舒呈祥、罗孝和在无数次试验中，也渐渐摸索出了一些独门绝技。譬如赶粉，就是杂交水稻还处于初级阶段的关键技术之一，首先将不育系和恢复系的水稻间隔种植，到了扬花期，将用于制种的杂交稻叶片割掉，扫除了花粉传播的障碍。在晴天中午时分，两人牵着一根绳子，或是一人举着一根细长的竹竿，徐徐扫过父本的稻穗，在风力的作用下，父本雄蕊的花粉就会均匀地飘落到母本颖花的柱头上，细小如尘埃，却也被阳光照得闪亮缤纷。这种"一根竹竿一条绳"的授粉方式，看似原始，却解决了杂交水稻授粉的一道难题，很快就在育种人员中普及了。罗孝和也在试验中摸索出了一种提高制种产量的方法，在制种的花期喷施"九二〇"生长素。实践证明，这一方式在杂交水稻制种应用上至关重要，喷施"九二〇"不但能清除不育系包颈，还能增强花粉和柱头的活力，加大开颖角度，提高柱头外露率，且能起到调节花时的作用，增加授粉机会，达到提高异交结实率等效果。

在不断的试验和探索中，袁隆平和他的助手针对制种遇到的各种症结，采取一系列针对性措施，终于形成了一套比较完整的制种技术体系。但按照这一体系，工作也并非一蹴而就。袁隆平用了一个形象的比喻，杂交水稻的制种产量就像矮子爬楼梯一样，一步一步往上爬。到 1975 年，袁隆平和他的科研组一共制种二十七亩，平均亩产接近六十斤，这个产量是袁隆平第一年制种产量的三倍多。根据成本测算，一亩田能够产近六十斤种子，那人力、物力和时间成本都大大降低了，可以在农田里大面积推广使用了。

这标志着，由袁隆平领衔的协作攻关团队在 1975 年终于闯过了三系法杂交水稻的最后一道难关——制种关。至此，袁隆平于 1965 年勾画出的第一幅蓝图——三系法杂交水稻技术路线图，经过了整整十年的努力，终于全部实现。

现在，他可以向那位姓向的生产队长有所交代了。多少年过去了，他一直没有忘记一个农民那眼巴巴地看着他的眼神，还有那句恳切的话语："袁老师，你是搞育种的，要是能培育一个亩产八百斤、一千斤的新品种，种一亩田就相当于种了两亩，那该多好啊！"现在，袁隆平向这些渴望良种的农民交出了一份大大超过了他们期望的答卷。随着他培育出的"南优2 号"制出大批种子，在生产上大面积推广，平均亩产超过了四百公斤。一些种粮的好把式，亩产甚至超过了八百公斤。

现在，他可以告慰父亲的在天之灵了。对于一直关心吃饭问题的父亲，他这个不孝之子，也算尽孝了，他也只能这样告慰父亲、安慰自己。

现在，他终于可以回去看看自己的妻子和儿子了。自从南繁育种以来，他已经连续七年没有回家过年。谁不想赶回家里一家人团团圆圆过年哪，他却只能守着一片试验田。七年来，陪他过年的是种子、是秧苗。每当夕阳西下，他总是下意识地望着天边那一抹暗红的云霞，思念着遥远的妻儿。在那最难挨的孤寂中，心里还真得有一种念想，这既是思念的方向，也成了一种坚守的动力。如果心里没有这些东西，抗不过那漫长的孤独。

那七年是袁隆平最苦、最累的岁月，也是他们一家最困难的时期。他对杂交水稻什么时候分蘖、什么时候扬花、什么时候灌浆、什么时候成熟，都一清二楚，连它们的每一个细胞和分子结构都清楚，但他不知道自己的三个儿子是怎样一天一天长大成人的。老三在安江出生时，他还在海南岛的稻田里育种。妻子邓则还在休产假，一个厄运降临了，她被下放到了农村劳动。袁隆平又不在家里，邓则只好把老大送到了重庆奶奶家里，把老二送到了外婆家里，她则抱着老三去了干校。一个哺乳期的母亲，既要参加繁重的劳动，又要哺育嗷嗷待哺的孩子。一家五口分离在四个地方。那段日子，他都不知道妻子是怎么挺过来的。在攻克三系配套关后，他终于抽空回了一趟家，但迎接他的不是久别重逢的家人，而是一片凄凉。老大去了重庆，他看不见，老二看着他就像家中突然闯进来了一个不速之客，这是谁呢？要说，这实在不能怪孩子，他这么长时间没回家，孩子怎么能记得呢？那还不到一岁的老三呢，怔怔地看着这个脸比锅底还黑的陌生人，他那黑黢黢的脸庞，满脸都是被烈日灼伤的痕迹，把一个幼儿吓坏了，好长时间都惊骇地睁着大眼睛，一脸害怕的表情。一个幼儿惊骇的眼神，像锥子般地在他心上扎了一下。他心疼啊，那是一辈子的疼痛。他原本想好好陪陪妻子和儿子，但在家里只住了一天，就从电台里听到海南的天气预报，海南正遭遇多年未遇的低温阴雨天气。他在心里叫了一声不好，这种天气会给正在培育的杂交水稻父母本带来恶劣影响，如果处理不当，很可能造成花期不遇。他开始收拾行李，一家老小都看着他，可他还是很坚决地背起了行囊，奔向了海南。还有一年，他好不容易回家了，结果连行李还没来得及解开，一个电话打来，要他当晚就赶回海南，那真是前脚刚踏入家门，后脚就要走了，可妻子从未拖过他的后腿。

袁隆平对家人深感愧疚，但他可以问心无愧地面对大地苍生。他曾经在心里一次次发誓，只要有机会就多陪陪家人，一直到现在也没有完全兑现，却兑现了他从童年就萌生的那个念头，这个念头变成心中的承诺，成了他与世界达成的生命契约。为了让中国人把饭碗牢牢地端在自己手里，也为了让地球村里的每个人都能吃饱肚子，他尽力了，也尽心了。

杂交水稻在生产上大面积推广，标志着中国成为世界上第一个在水稻生产上利用杂种优势的国家。这已不是预言，不是猜想，而是一个举世公认的事实。

从中国杂交水稻发展史看，袁隆平是国内最早研究水稻杂种优势理论的学者。一切的一切，归根到底，都离不开袁隆平那篇论文《水稻的雄性不孕性》，他率先勾画出三系法杂交水稻选育的技术路线，那也是中国杂交水稻的第一幅实施蓝图。他也是中国杂交水稻最早的、成绩最突出的实践者，从1961年发现天然杂交稻株"鹤立鸡群"，到1975年闯过杂交水稻最后一道难关，他在杂交水稻科学探索之路上走了十四年，杂交水稻的每一个关键点或突破口，都是他率先攻克的。1981年，经国家科委发明奖评选委员会评审，一致认为，由袁隆平主持研发的籼型杂交水稻的学术价值、技术难度、经济效益和国际影响等四方面都很突出，在报请国务院批准后，决定对袁隆平领导的全国籼型杂交水稻科研协作组授予国家特等发明奖。这是新中国第一个、也是迄今为止唯一一个国家特等发明奖，袁隆平在获奖名单中名列第一。这其实也是一种科学的认定，无论在理论上还是实践上，袁隆平都是当之无愧的"中国杂交水稻第一人"。

从世界杂交水稻发展史看，袁隆平虽说不是杂交水稻的最早研究者，却是世界上成功利用水稻杂交优势的第一人。打个比方，哥德巴赫提出了哥德巴赫猜想，但他没有证明哥德巴赫猜想，一个猜想没有证明永远只是猜想，而袁隆平不只是最终验证了水稻领域的一个"哥德巴赫猜想"，还纠正了以前的种种错误猜想，有的甚至是权威定论。而当世界上最权威的水稻专家都在"无优势论"这个大限之前止步时，是中国的袁隆平和他率领的全国籼型杂交水稻科研协作组，率先突破了这个大限，攻克了一个人类久攻不下的世界性难题。他迈出的这一步，同别的科学家相比，也许仅仅超越了一步，乃至是半步，却是一次关键性的、世界性的超越。这里不妨通俗地比喻一下，别的研究者不是胎死腹中，就是孕育已久却迟迟没有将孩子生出来，杂交水稻这第一个神奇的婴儿就在中国诞生了！

还有一点特别值得一提，杂交水稻是中国自己创造出来的一项成果，脱离了西方这个所谓农业科学的源头。——这不是国内的评价，而是国际公认。美国普渡大学教授唐·帕尔伯格曾经当过四届美国总统农业顾问，他在1990年出版的《走向丰衣足食的世界》一书中，用一个专章（该书第十六章）来写"袁隆平和杂交水稻"，对袁隆平给予高度评价："袁隆平赢得了中国可贵的时间，他增产的粮食实质上使人口增长率下降了。他在农业科学上的成就击败了饥饿的威胁，袁隆平领导着人们走向丰衣足食的世界。他把西方国家抛到了后面，成为世界上第一个成功地利用了水稻杂种优势的伟大科学家。"

杂交水稻被誉为中国"第五大发明"，也被誉为"二十世纪人类的最伟大的发明之一"。世界知识产权组织（WIPO）是联合国组织系统中的专门机构之一，这是一个致力于促进使用和保护人类智力作品的国际组织，其权威性毋庸置疑。1985年10月，该组织授予袁隆平"杰出发明家"金质奖章和荣誉证书，这是袁隆平首次获得国际奖，既是对他本人具有原创性和开创性的智力成果的认定，又标志着被誉为中国"第五大发明"的杂交水稻获得了联合国知识产权组织的正式认定。

2007年2月，杂交水稻又被评选为中国当代"新四大发明"之首，主办方给出了这样的评语："1973年，中国的袁隆平向世人捧出了杂交水稻这一震惊世界的答卷。这无疑是史书上值得浓墨重彩的一笔。人口众多、人均耕地面积不多的中国，不仅解决了自己的粮食问题，还为亚洲甚至全世界粮食问题的解决做出了巨大贡献。"

对于人类来说，还有什么比吃饭更大的事情？杂交水稻以最高票当选中国"新四大发明"之首，也足以证明"民以食为天"这一人类共识。

第五章　第二次绿色革命

一粒改变世界的种子

在世界粮食版图上，水稻是仅次于玉米的第二大粮食作物，全世界一半以上人口以稻米为主食。水稻是全世界穷人最大的食物来源，而贫穷最突出、最悲惨的特征就是饥饿。袁隆平年轻时做过一个神奇的梦——"禾下乘凉梦"，袁隆平其实还有第二个梦——"杂交水稻覆盖全球梦"。尽管以袁隆平为代表的中国科学家为培育一粒神奇的种子而付出了世人难以想象的心血，但中国人从未把杂交水稻作为自己的独门秘籍，在一粒种子刚刚问世不久，就将它推向了世界。一粒神奇的种子，从中国向世界延伸，成为一粒改变世界的种子。

如今一提到"杂交水稻之父"，根本不用打引号，这个词和"袁隆平"已经是同义词。这个"杂交水稻之父"是没有定语的，既是中国的杂交水稻之父，也是世界的杂交水稻之父。在这个意义上，中国的袁隆平，也是世界的袁隆平、人类的袁隆平。

这也不是咱们中国人自封的，而是来自世界的加冕。

1982年秋天，袁隆平飞抵马尼拉，出席一年一度的国际水稻学术会议。马尼拉是菲律宾共和国的首都，也是国际稻都，这里是国际水稻研究所（IRRI）总部所在地。国际水稻研究所是最早与中国开展合作的国际农业研究机构之一，也是袁隆平和中国杂交水稻走出国门、走向世界的第一座桥梁或桥头堡。1979年4月，袁隆平第一次走出国门，第一次参加国际水稻学术会议，就是来这里。但这次的气氛不同以往，异常庄重。国际水稻研究所所长斯瓦米纳森博士事先也没有跟袁隆平通个气，在会议开幕前，他走到袁隆平身边，请袁隆平到主席台就座。这让袁隆平感到有些茫然，他早已习惯了安静地坐在台下那个属于自己的位置。但斯瓦米纳森博士弯下了他高大的身躯，一只手向前伸着，他这样毕恭

杂交水稻培训中心

杂交水稻综合实验楼

毕敬，神情庄重，袁隆平只得起身，在斯瓦米纳森博士的引领下，一步一步地走向主席台。

在这个庄严的行进过程中，他们前方的屏幕上出现了历史性的一幕，投影机打出了袁隆平的巨幅头像，同时送出了醒目的英文字母——"杂交水稻之父袁隆平"。袁隆平看见了，他仿佛是第一次看清楚自己的模样，而且是和"杂交水稻之父"叠加在一起，这让他感到很突兀，他却很镇定。此时，来自世界各国的专家一齐起立，一齐向他行注目礼。当袁隆平登上主席台后，斯瓦米纳森博士用充满了敬重的声音说："今天，我十分荣幸地在这里向你们郑重介绍我的伟大的朋友、杰出的中国科学家、我们

IRRI 的特邀客座研究员——袁隆平先生，我们把袁隆平先生称为'杂交水稻之父'，他是当之无愧的！他的成就不仅是中国的骄傲，也是世界的骄傲。他的成就给世界带来了福音！"

袁隆平的世界级声誉由此开始。世界性的荣誉，其实也是一种世界性的责任。

此前，国际水稻研究所搞了多年的杂交水稻研究，一直没有成功，后来不得不半途而废。在中国杂交水稻研究成功后，他们感到不可思议，并重新燃起了希望，凭他们所拥有的科研设备、品种资源，还有世界一流的科研团队，只要借助中国杂交水稻技术，就有成功的可能。当然，他们要培育的杂交水稻与中国有所不同，主要是适合在东南亚等热带地区种植的杂交水稻。就在袁隆平第一次走进 IRRI 总部后不久，国际水稻研究所便与我国签订了合作研究杂交水稻的协议，中断了七年之久的杂交水稻研究课题重新上马。在他们选用的母本中，就有中国赠送的三个"野败"型不育系。而他们要聘请的第一位中国专家，就是袁隆平。自那以后，中国与国际水稻研究所的合作越来越密切。1980 年秋天，中国农业科学院和国际水稻研究所就在长沙共同举办了第一期国际杂交水稻技术培训班。

在长沙马坡岭，有一座临水而筑、坐北朝南的建筑。在绿树掩映中，那玻璃幕墙如天空一样湛蓝，将时空的深度延伸了一倍，透出柔和的光影与云影，幕墙上，镶嵌着一行结实饱满的大字："杂交水稻培训中心"。这是袁隆平题写的，那字体的颜色像熟透了的稻子一样黄灿灿的。这是杂交水稻国际培训的一个重要平台，国家杂交水稻工程技术研究中心先后受国际水稻研究所、联合国粮农组织（FAO）的委托，几乎年年都要举办国际杂交水稻技术培训班。一批批从世界各地来参加杂交水稻技术培训的学员，并非一般的学子，而是他们国内水稻界的拔尖人才，很多都是博士、教授或研究员。他们来到湖南这个杂交水稻的发源地，走进马坡岭的中心试验田，不是为了见证奇迹，而是为了在世界各地传承和演绎这个奇迹。袁隆平是培训班的主讲人。那一口流利的英语加上他那"刚果布"式的模样，特有亲和力，他走进这些来自五大洲的学员中间，仿佛一下就拉近了他与世界的距离。他立马就与这些不同肤色的学员打成了一片，看上去就像一个水稻王国的酋长，但他又不是那种威严的酋长，更像是一个老天真、老顽童，像年轻人一样活泼敏捷，这是他的好心态，也是他的真性情。当五大洲的学员围着这个"杂交水稻之父"，就像五大洲围绕着一粒神奇的中国种子。是的，袁隆平创造出了一粒改变世界的种子，他本人又何尝不是一粒种子啊。

国家杂交水稻工程技术研究中心办公楼

人间食粮，有着双重的意义，既是精神食粮，也是赖以生存的粮食。学员们在这里不但学到杂交水稻的科学技术，也品尝到杂交稻米的滋味。一位喀麦隆学员说："我们在这里天天吃大米，非常快乐。在喀麦隆大家最喜欢的就是大米，但平均每个星期只能吃两次。我们希望杂交水稻的推广，让喀麦隆人民每天都能吃上大米。"学员们还专门写了培训班班歌《让我们一起携手向前》（*If We Hold on Together*）。这一批又一批的学员回国后，也像种子一样，把中国的杂交水稻技术带到了世界各地，这技术在异国的土地上生根开花。而中国政府和科学家的无私襟怀，也为拯救人类饥饿带来了福音。

从 20 世纪 90 年代初开始，联合国粮农组织就把发展杂交水稻作为增产粮食、解决粮食问题的首选战略。为此，联合国粮农组织选择十五个国家作为援助国，袁隆平被联合国粮农组织聘为首席顾问，国家杂交水稻工程技术研究中心的十多名专家被聘为技术顾问，其中大多是袁隆平的助手和学生。袁隆平带着他们在异国他乡的稻田间奔走。杂交水稻国际推广的第一阶段，主要是在菲律宾、印度、越南、缅甸、孟加拉等亚洲国家开展，那还是一个很神秘的阶段，很多国家对中国人发明的那粒神奇的种子都倍感神秘，而中国科学家要去的那些国家，也让他们自己觉得挺神秘的，那一个个如同秘闻或传奇的故事，就在他们推广杂交水稻的过程中发生了。

这里先从世界第二人口大国印度说起。印度与中国一样，是一个历史悠久、幅员辽阔的人口大国和水稻大国。在 1990 年至 1993 年间，袁隆平肩负着联合国粮农组织首席顾问的使命，连续三次奔赴印度的稻田。一天晚上，他和助手毛昌祥准备从印度中部的特伦甘地邦首府海德拉巴乘火车到一个水稻育种站，那儿有很多农民和农业技术人员正在焦急地等待他们的技术指导。可他俩赶到火车站时，车站门口已被许多吃不饱肚子的穷人围得水泄不通，有的敲打着饭盆、有的挥舞着旗帜在那里抗议示威。这也

国家杂交水稻工程技术研究中心、湖南杂交水稻研究中心科研试验基地

是袁隆平亲眼看见的部分真相。由于印度的发展极不均衡，很多穷人依然生活在饥饿半饥饿的状态。联合国的数据显示，全球严重营养不良的儿童中，约有一半生活在印度。眼看火车站已被占领，晚上的火车开不了，袁隆平只得临时决定，租一辆出租车连夜赶路。那是一辆破破烂烂的出租车，而那条通往乡村的道路也是破破烂烂，比中国20世纪60年代的路况还差，一路上还时不时地会冒出几头慢腾腾的老牛，旁若无人地肆意横

行。牛在印度被教徒敬奉为"圣兽"，当一辆老爷车遭遇了一头老牛，就必须停下车来让牛先过。当袁隆平两人赶到那个水稻育种站时，已是第二天上午了。虽说袁隆平和毛昌祥在颠簸中一直眯着眼躺在车上，但哪里能睡着呢。二人一下车，早已等候在那里的稻农和育种站的技术员仿佛终于盼来了救星，一下拥上来。袁隆平他们在感动之余又打起了精神，挽起裤腿就下田了。

印度是个等级森严的国家，科技人员也是如此。每次去田间察看采样时，职位高的研究人员往往走在最后面，到了田边，他会站在田埂上，指手画脚地对技术员发出指令，而技术员也不下田，而是用棍子指着某棵秧苗，让田间劳力下田去采样。袁隆平是联合国粮农组织的首席顾问，这个职位高不可攀，毛昌祥也是国际技术顾问，在印度科技人员眼里，这个职位也是很高的。但这两位中国的科学家，从不站在田埂上指手画脚，他们一到田边就挽起裤腿，打起赤脚，亲自到稻田里去观察、采样，这让印度科技人员非常惊讶。袁隆平他们却觉得很正常、很平常。在印度，他俩从不请用人，衣服都是自己动手洗，见了穷人就给钱或给吃的。在印度，司机的地位低下，属于仆人之列，袁隆平却客客气气地邀请司机同桌吃饭。这让当地的官员和科技人员很看不惯，三番五次好心提醒他们，别搞坏了当地的规矩。袁隆平总是付之一笑，依然我行我素，你有你的规矩，我有我的道理。这位"杂交水稻之父"，连同来自中国的专家，在降低了身段后反而获得了当地老百姓更高的尊重，而他们还给印度老百姓带来了实实在在的收获。

当时，印度水稻的平均亩产仅二百公斤，相当于中国 1949 年之前的水平。在袁隆平等中国专家的直接指导下，印度培育出了比对照品种增产百分之十五至百分之三十的杂交组合。那时两系法杂交稻在中国也处于研发阶段，袁隆平就开始指导印度育种专家开展两系法杂交稻研究，还为推动印度杂交水稻大面积商业化生产献计献策。印度人很精明，也很实在。

1996 年，印度杂交水稻种植面积约为一万公顷，很多地方都是种着试试看，这是对的。不看不知道，一看吓一跳，杂交水稻竟然有如此惊人的增产能力！印度赶紧大面积推广，十年间规模扩大了一百倍，到 2006 年时，种植面积达一百万公顷，2014 年已超过二百五十万公顷（3750 多万亩），平均亩产已直逼四百公斤。这个产量同中国相比不算高，但印度自己同自己比，翻了差不多一倍了。2012 年，印度不但解决了饥荒问题，还成为全球最大水稻出口国，也是产量仅次于中国的世界第二大水稻生产国。

但亚洲最重要的稻作区，还是东南亚，又主要集中在澜沧江—湄公河流域的缅甸、泰国、柬埔寨、老挝、越南等东盟国家。这些多是贫穷落后、内乱频仍的国家，时常会遭遇莫测的危险，什么事情都有可能碰到，但这些国家的一片片稻田里都留下过袁隆平奔走的足迹。

缅甸是一个名副其实的"稻米王国"，稻米占据了半边天，但他们的农业技术非常落后，水稻单产很低。从 1988 年开始，缅甸把发展农业放在第一位，积极寻找复兴农业的方法，其中一条就是为农户提供高质量的种子。袁隆平以联合国粮农组织首席顾问的身份，带着几个助手在缅甸指导试种杂交水稻。在缅甸推广杂交水稻非常艰苦，袁隆平带着几个助手白天在稻田里工作，晚上就住在简陋的育种站里。缅甸人信佛，不杀生，眼镜蛇在稻田里四处乱窜，无孔不入，有时候还会钻进屋子里、柜子里。一次，袁隆平打开抽屉，感觉手心嗖的一凉，从抽屉里突然窜出了一条条小眼镜蛇，一共有八条！蛇尾巴从他手上蹭过去，凉丝丝的，那可真是连汗毛都竖起来了。除了毒蛇，还有毒虫、蚊子和蚂蟥。而打蚊子，竟成了他们苦中作乐的比赛项目之一。几乎每天，每个人都要打死满满一瓶蚊子，他们浑身上下都是蚊子叮咬的疙瘩，密密麻麻的，比蚊子还多。

缅甸的交通也非常落后，袁隆平时常要坐火车从一个育种站赶到数百公里外的另一个育种站，铁路破旧，高低不平，在几乎没有道砟的路轨上，就像坐碰碰车，颠簸得要命。袁隆平和几个助手虽说被安排在最好的卧铺车厢，但上铺不能睡，下铺也不能睡，有时候还会从铺上颠下来。不仅如此，在铁道沿线甚至是火车上还有神出鬼没的叛乱分子，炸铁路，炸火车。这种爆炸性恐怖事件在缅甸时不时发生，一旦碰上了就在劫难逃。袁隆平每次说到此事，总是淡淡一笑："这些惊险的场景不是发生在抗战时期的中国远征军身上，而是发生在我们的水稻专家身上。"

联合国粮农组织的援助国，绝大多数都是贫穷落后、没有解决温饱的国家，也是杂交水稻国际推广的重点。而今，一粒粒杂交水稻的种子已在全球四十多个国家和地区推广。从杂交水稻推广到"杂交水稻外交"，一粒种子还承载着更大的使命。据联合国粮农组织初步统计，20世纪90年代初，全球只有百分之十的稻田种上了杂交水稻，而水稻平均增产就达百分之二十以上。杂交水稻所占比例之小，而达到的增产效果却如此显著，已经令人叹为观止。但对于"杂交水稻之父"来说，与其说是欣慰，不如说是深重的忧思。尽管杂交水稻有显著的增产效果，但在推广上远远不够。说到这个话题，他习惯性地扳着指头算账：目前，世界上有一百一十多个国家种植水稻，包括中国在内，全球每年水稻种植面积超过二十二亿亩。据截至2014年的统计数据，杂交水稻在国外的种植面积仅有五百多万公顷（约7500万亩），包括中国在内也只有三亿多亩。这离他的"杂交水稻覆盖全球梦"还相距甚远。但他从不悲观，这个早已被风霜染白了头发的智者，踌躇满志地说："中国杂交水稻种植有绝对优势，如果让我们的技术和优良品种走出国门，且不说杂交稻覆盖全球，就算打一半折扣，只要将世界上杂交稻种植面积增加现有水稻面积的一半左右，即十一亿亩，哪怕按保守的估计，每公顷按增产两吨计算（每亩增产约133.3公斤），你算算，每年仅增产的粮食就有一亿五千万吨，可以多养活四五亿人口。"

袁隆平将自己多年积累的经验和技术无偿传授，通过他和其他国际水稻专家的悉心培育，许多国家都分享了这一宝贵的资源，陆续育成了许多优良的不育系和高产的杂交组合。一粒粒来自中国的种子，接触大地，生长繁育，生出无数的种子，一点一点地改变着水稻王国的版图。

第二次绿色革命

　　杂交水稻既被誉为中国的"第五大发明"，又被称为"第二次绿色革命"，这一说法出自国际人士之口。那是 1987 年 11 月初，袁隆平获得了联合国教科文组织巴黎总部颁发的"1986—1987 年度科学奖"，这是他第二次获得国际科学大奖。在这次颁奖时，联合国教科文组织总干事阿马杜－马赫塔尔·姆博先生在致辞中赞扬袁隆平在杂交水稻上所取得的开创性成果，是继 20 世纪 70 年代国际培育半矮秆水稻之后的"第二次绿色革命"。

　　这一说法很快就在国内外传开了。在中国当代稻作史上，有一个被誉为"中国半矮秆水稻之父"的水稻专家黄耀祥，他开创的"矮化育种"和半矮秆水稻，是在中国稻田里掀起的第一场绿色革命，而袁隆平开创的杂交水稻，就是当之无愧的第二次绿色革命。——这是中国稻田里掀起的两次绿色革命。但若把目光扩展到 20 世纪的全球范围，人类至少掀起了两次绿色革命，第一次绿色革命是诺曼·布劳格博士在墨西哥的麦田里掀起的，他也因此被誉为"绿色革命之父"。若从这个意义看，第二次绿色革命则是"杂交水稻之父"袁隆平在中国的稻田里掀起的，他也是当之无愧的第二次绿色革命之父。

　　布劳格 1914 年出生，比袁隆平年长十五岁，他的成长经历与袁隆平颇为相似。袁隆平出生时，布劳格已经是一个十五岁的少年，他经历了美国经济大萧条时期，这次大萧条带来的大饥荒，"饿死了数百万人"。这个数字比较含糊，到底有多少呢？据说至少有八百万以上的人被饿死，约占当时美国总人口的百分之七。1931 年是美国历史上"最黑暗的一年"，仅纽约一地，一年中就有两万多人饿死街头，这还是记录在案的数据。大萧条时期出生的儿童后来被称作"萧条的一代"，身材矮小，当美国参加二战需要补充大量兵员时，因体质不合格遭淘汰的达四成左右。人类一旦陷入大饥荒，不管你是中国人还是美国人，都是一样的悲惨。袁隆平青少年时代看见过、经历过的悲惨的一幕幕，布劳格也一样看见过，那些饥不择食的美国人，也一样吃野草根、蒲公英，这都是给牲口吃的东西，甚至连牲口也不爱吃。而那些可怜的母亲牵着孩子们在街道上、码头上转悠，一见有腐烂的水果、蔬菜扔出来，立马就扑上去同饥饿的野狗争抢。美国著名历史学家威廉·曼彻斯特在《光荣与梦想》中曾如是感慨："千百万人只因像畜生那样生活，才免于死亡。"当时的美国已变成了地狱，纽约大街在大萧条时期流行一首儿歌："梅隆拉响汽笛，胡佛敲起钟。华尔街发出信号，美国往地狱里冲！"

在经历了美国的大萧条、大饥荒后，布劳格毅然决然地做出了自己的人生选择，"大萧条的黑色土壤让我投身农业"。

这也是袁隆平矢志不移的选择，"一定要解决粮食增产问题，不让老百姓挨饿"。

以美国在世界上举足轻重的地位和影响力论，美国的经济大萧条绝不只是美国的危机，必将波及许多国家，形成世界性的大萧条、大饥荒。随着美国以至全球性的经济复苏，人口剧增，这就必须有赶得上人口增速的粮食增产。1942 年，美国洛克菲勒基金会开始与墨西哥农业部开展一个合作项目，以解决墨西哥因小麦秆锈病造成的大量饥荒。布劳格加入这个项目，在墨西哥的农田里一干就是十六年。经反复试验，培育出了抗病、耐肥、高产、适应性广的半矮秆小麦，随后从墨西哥开始，在全世界推广，取得了令人惊奇的增产效果，被称为一场足以改变世界的绿色革命。

从 20 世纪 60 年代到 90 年代，世界粮食产量翻了一倍，很多人认为，正是这次绿色革命转变了20世纪前半期的全球饥荒局面，并拯救了大约一百万人的生命。1970年，布劳格获得了诺贝尔和平奖，颁奖词对他给予这样的评价："他帮助一个饥饿的世界，为之提供了面包，这种帮助超越了同时代任何人。我们做这个决定是因为，得到面包的同时，也得到了和平。"——这也足以说明粮食和维护世界和平的关系是何其紧密，而农业科学也非同一般科学或生物学，它超越了生物学的意义。

理解了诺曼·布劳格和他的绿色革命，就可以理解袁隆平和杂交水稻的世界性意义了。

诺曼·布劳格离中国并不遥远，他从20世纪80年代开始与袁隆平主持的国家杂交水稻工程技术研究中心合作，并于1996年当选为中国工程院外籍院士。

1997年8月，一次以探讨"作物杂种优势遗传与利用"为主题的国际学术研讨会，在墨西哥埃尔·巴丹的国际玉米小麦改良中心举行，来自六十多个国家的五百多名代表，都是世界各国农业科学界和遗传育种学界的大腕和精英。尽管群星闪耀，光芒四射，但有两个看上去不那么引人注目却又一直为目光所追逐的身影，一个就是"绿色革命之父"布劳格博士，另一个是"杂交水稻之父"袁隆平院士。经大会组委会推举，决定授予五位在农作物杂种优势利用方面做出了开创性的或杰出贡献的科学家"国际农作物杂种优势利用杰出先驱科学家"荣誉称号，而袁隆平既是开创水稻杂种优势利用的先驱，又在水稻大面积杂种优势利用方面做出了杰出贡献，他获得这一殊荣没有任何悬念。在授奖仪式上，布劳格博士热情地拥抱了袁隆平，有人称，"这是20世纪两次绿色革命的热烈拥抱"。

第二次绿色革命，不只是属于中国的，也是属于世界的。袁隆平在中国稻田里掀起的第二次绿色革命，首先就传播到了美国。

曾在20世纪70年代就开始搞杂交水稻研究的美国，三系配套一直没有成功，也就无法在生产上利用。1979年5月，美国西方石油公司下属的圆环种子公司总经理威尔其访华时，惊奇地发现中国人正在种植美国人没有搞成功的杂交水稻。他敏感地意识到这是一个商机，便向中国农业部种子公司打听，这个发明的专利权属于谁。他又怎么知道，那时中国还压根就没有什么专利啊、知识产权保护啊这样的概念。不过，中国人很慷慨，随即就赠送给他三个组合的杂交稻种（共1.5公斤）。尽管威尔其得到的种子不多，却有着非同寻常的意义，这是中国杂交水稻跨出国门、走向世界的第一步。

威尔其回国后，当年就把这三个组合的杂交稻种在加利福尼亚大学农业实验站的稻田里进行小区试种，结果比美国当时的高产常规水稻良种Starbonnet表现出明显的优势，一下就增产了三成左右。

一般来说，通过改良常规种子增产百分之五就非常了不起了。年底，威尔其又一次来到中国，这次他就是冲着中国的杂交水稻而来，不是来要种子，而是来购买专利技术。经过谈判，他与我国农业部种子公司签订了在种子技术方面进行交流和合作的原则性协议。

1980年1月，威尔其第三次来华，双方签订了正式合同：由圆环种子公司先付给中国种子公司二十万美元首期技术转让费，中国派出制种专家赴美国传授杂交水稻制种技术。在美国制种，制出的种子在美国、巴西、意大利、葡萄牙、西班牙、埃及等国销售，每年从销售总收入中提成百分之六付给中国种子公司作为后续报酬，合同期长达二十年。——这是一个对于两国和两国农业科学技术都很有意义的合同，也是中国农业第一个对外技术转让合同，杂交水稻作为我国出口的第一项农业科研成果转让给世界第一强国美国，拉开了杂交水稻国际化的序幕，这也是中国与美国在农业领域的第一笔知识产权交易。一个是世界上最大的发展中国家，一个是世界上最发达的西方大国。按常理，应该是发达国家向发展中国家转让技术，可这一次颠倒过来了，而这一颠覆性的力量，就是中国人创造的"东方魔稻"！这一技术转让合同，在第一时间就引起了国际社会的广泛关注，足以用举世瞩目来形容。

从第一粒播种在美国稻田里的中国种子，到第一批在美国上市的优质杂交稻米，绝非一朝一夕就能完成的，袁隆平先后五次应邀赴美传授技术。如今，全美水稻面积约为两千万亩，其中三分之一种的是中国杂交稻，平均亩产超过六百公斤，比当地良种增产四分之一以上。袁隆平付出的心血与汗水，也让他收获了一项项国际大奖和世界荣誉：1993年，美国为他颁发"拯救世界饥饿"荣誉奖；2004年，袁隆平和塞拉利昂水稻专家蒙蒂·琼斯博士共同分享了2004年度"世界粮食奖"。后者被公认为世界农业领域的最高荣誉，也被称为农业领域或粮食领域的诺贝尔奖，由诺曼·布劳格博士于1986年设立，每年由总部设在美国艾奥瓦州得梅因市的世界粮食奖基金会颁发一次，目的是奖励那些"为人类提供营养丰富、数量充足的粮食做出突出贡献的个人"，奖金为二十五万美元。

在袁隆平获得的难以尽数的国际大奖和世界荣誉中，"世界粮食奖"是他特别珍惜的，当然不是因为它奖金高，而是因为它有着很特别的意义，一是他对布劳格博士特别敬重，二是这次颁奖之年正是联合国确定的"国际水稻年"。据袁隆平的秘书辛业芸回忆，她有幸陪同袁隆平先生和夫人赴美参加了颁奖活动。那是2004年10月17日，"在艾奥瓦州府得梅因金色穹顶的州议会大厦大厅内，隆重的颁奖仪式在高亢嘹亮的号角声中开始"，世界粮食奖基金会在给袁隆平的颁奖词中赞誉："袁隆平教授以三十多年杰出研究的宝贵经验和为促使中国由粮食短缺转变为粮食充足供应做出的巨大贡献，从他正在从事的超级杂交稻研究，为保障世界粮食安全和解除贫困展示了广阔前景。他的成就和远见卓识，还营造了一个粮食更为富足、粮食安全具有保障的更加稳定的世界。同时，袁隆平致力于将技术传授并应用到包括美国在内的其他十多个国家，使这些国家已经受到了很大的裨益。"

这次颁奖会还真是别具匠心，特意邀请了菲律宾农业部部长来现身说法。菲律宾是个以稻米为主食的农业国，由于种子不佳，产量低，粮食一直难以自给自足，是世界上最大的大米进口国之一。尽管国际水稻研究所就设在其首都马尼拉，可谓近水楼台先得月，但从根本上缓解菲律宾粮食紧缺的还是中国杂交水稻。为了甩掉粮食进口国的帽子，从1995年开始，菲律宾就把发展杂交水稻作为解决粮食和发展经济的战略决策来抓，袁隆平和一批又一批的农业专家奔赴菲律宾稻田进行技术指导。尽管由于其国内的诸多原因，菲律宾至今也没有实现粮食自给，但随着杂交水稻的不断推广，对菲律宾的粮食生产及安全保障已经产生了重要作用和影响，形势已经大为好转了。

袁隆平获得了"世界粮食奖"后，又当选为美国科学院外籍院士。2007年4月，一个春暖花开的日子，袁隆平飞抵华盛顿，参加美国科学院年会，正式就任美国科学院外籍院士。

美国科学院院长、诺贝尔化学奖获得者西瑟罗纳说："袁隆平为世界粮食安全做出了杰出的贡献，增产的粮食每年为世界解决了七千万人的吃饭问题。他的当选也为美国科学院增添了光彩。"美国著名农业经济学家帕尔伯格热情地、几乎像诗一般地赞誉："他把西方国家远远甩到了后面，成为世界上第一个成功地利用了水稻杂种优势的伟大科学家，袁隆平为中国争取到了宝贵的时间，这样也相当于降低了人口增长率。随着农业科学的发展，饥饿的威胁正在退却，他必将引导中国和世界过上不再饥饿的美好生活。"

在中美合作中，中国在杂交水稻育种、制种技术上一直占有绝对优势，而美国的现代化农业科技水平也让袁隆平等中国育种专家暗自惊叹，在中国还处于用一根绳子、一根竹竿赶粉的年代，美国人就驾驶着辅助授粉的直升机，通过机翼振动来达到辅助授粉的目的。袁隆平坐在直升机上，俯瞰着在机翼下迎风起舞的稻海，那还真是"喜看稻菽千重浪"啊，他也情不自禁地欢呼："太好了，效果真是好得很呢！"

这样的飞机振动授粉，何时才能出现在中国的稻田上空呢？如今，袁隆平的愿望实现了，在三亚南繁基地已经采用无人机辅助授粉技术，一天就可给三百多亩稻田授粉，授粉效率比以前提高了十倍。

中国独创的两系法

三系法把中国率先推进杂交水稻时代，按这一方法育成的种子，在中国、美国、印度和东南亚的稻田推广播种，产生了大面积、大幅度增产的奇迹。这一方法也是一个被反复验证、屡试不爽的神器，被遗传育种学家称为"经典的方法"。但是，这还只是杂交水稻发展的第一阶段，也是袁隆平的第一个开创性的贡献。假设一下，即便他就此止步，也足以奠定他"杂交水稻之父"的地位，但袁隆平注定是不会停下脚步的。

当时，杂交水稻播种到哪里，哪里都是一片丰收在望的景象，而他走到哪里，哪里都是一片啧啧称赞声。在农民眼里，这个泥腿子专家跟他们一样风里跑、雨里钻，成天巴着个水稻，可他有本事搞出花样，产量一年比一年高，让种田人一年比一年有奔头。"袁隆平，这三个字特值钱！"这是农民说出来的大实话，可这大实话背后却有他们尚未发现的隐忧，但这粒种子的创造者已经发现了。就在许多人为杂交水稻大推广、大增产而头脑发热时，他就发现问题了，用他自揭其短的话说，是"前劲有余，后劲不足；分蘖有余，成穗不足；穗大有余，结实不足"。他这样说，既是给那些头脑发热的人浇浇冷水，更是冷峻地揭示出了初创时期的杂交水稻还存在着诸多绝对不能回避和掩饰的缺陷。

对于三系法技术体系，袁隆平此前曾打了一个形象的比喻。就像"一女嫁二夫"的奇特婚姻关系,并且是包办婚姻,这就决定了在杂交组合上,作为母本的不育系在选配保持系和恢复系这两个父本时,由于受到遗传因素的制约,用专业术语说就是受到"恢保(恢复系和保持系)关系"的限制,其优势组合的概率极低,且难度极大。若要选配一个具有杂种优势的组合,在现有籼稻品种中仅有千分之一可转育成不育系,只有百分之五可用作恢复系,这就造成了选配概率低、制种环节多、种子生产成本高、在育种上进度缓慢等诸多症结,而且难以解决杂交水稻高产与优质间的矛盾。还有一个后遗症,随着亲缘关系在选配过程中相对拉近,其杂种优势会逐渐减退,增产潜力越来越有限,这也就是袁隆平指出的"前劲有余,后劲不足"。归根结底,三系法的所有症状都可归结为一个症结,就是其技术体系和育种程序太复杂、太烦琐。大道至简,如何才能化繁为简,这就是袁隆平一直在思考的问题,但要闯出一条路来又绝不简单。

这里还用哥德巴赫猜想来比喻吧,三系法杂交水稻大功告成,还只是中国杂交水稻发展史上的第一座里程碑,还不能说已经证明了"1+1",大概也就证明了"2+3",接下来还有"1+3""1+2""1+1"需要证明。这样比喻不一定那么精准,要完成对这一猜想的终极证明,的确还有很远的路要走,而且越到后面越难。

就在三系法杂交水稻获得国家特等发明奖的第二年,袁隆平担任了全国杂交水稻专家顾问组副组长。这并非一个荣誉性的虚职,此前此后,他一直都在为全国杂交水稻的研究和推广应用谋篇布局,而一个新的战略设想,又在袁隆平的头脑里酝酿了。随着他的思路越来越清晰,新的战略设想已呼之欲出。

1986年10月,首届杂交水稻国际学术讨论会在长沙召开。来自美国、日本、印度、菲律宾、澳大利亚等二十一个国家和地区的两百多名代表参加了会议,成员遍及五大洲。在这次国际会议上袁隆平无疑是最引人注目的,一个刚从稻田里走出来的黝黑而精瘦的身影,一副"刚果布"式的模样，一旦出现就是一个不用辨识的形象。一个解决了数亿人吃饭问题的"杂交水稻之父"，天下谁人不识？袁隆平的学术报告，也是这次会议最受关注的主题之一。这不是一般的学术报告，而是他酝酿已久的关于杂交水稻分三步走的战略设想：

从育种方法上说，杂交水稻的育种可分三步走，三系法、两系法、一系法，朝着程序上由繁到简而效率越来越高的方向发展。

从杂种优势的水平上说，一是品种间的杂种优势，二是亚种间的杂种优势，三是远缘杂种优势。

这三种育种方法和三种优势水平之间存在着一定的内在关系，可以概括为：三系法为主的品种间杂种优势利用、两系法为主的亚种间杂种优势利用、一系法远缘杂种优势利用。

这篇题为《杂交水稻的育种战略设想》的学术报告，被国内外育种界视为杂交水稻发展的一份纲领性文件，被世界农业科技界称为"袁隆平思路"，袁隆平也因此被誉为杂交水稻科研领域的"伟大战略家"。从这战略构想看，他已从理论上把杂交水稻的科学探索推向了一个全新的境界。接下来的路，如他所预言的一样，在程序上将由繁到简，在效率上则越来越高，但在关键技术上也越来越难。这不仅仅是一个农业科学家的战略设想，一经他提出，国家也高度重视。1987 年，两系法杂交水稻研究列入国家"863"计划，而袁隆平又一次肩负起国家赋予他的责任和使命，担任"863"计划两系法杂交水稻专题的责任专家，主持全国十六个单位协作攻关。

那么，对"两系法为主的亚种间杂种优势利用"又如何去理解呢？水稻有籼稻和粳稻两个亚种，所谓亚种间杂交，说穿了就是籼稻和粳稻之间的杂交。如果这一技术能从根本上突破，就能从不育系、保持系、恢复系中省去一个保持系，这样就简化了种子的生产程序，其最显著的优势还在于它不受"恢保关系"的限制，配组自由，同一亚种内几乎任何正常品种

追逐太阳的人：杂交水稻之父袁隆平

都可以作为其恢复系，因而在理论上更易于选配出杂种优势更强、增产潜力更大的杂交水稻新组合。然而，一句"大道至简"说来简单，若要省掉三系之一又何其难也。

对此，袁隆平又打了个形象的比喻，同三系法那种"一女嫁二夫"而且是"包办婚姻"的奇特婚姻关系相比，"两系法是一夫一妻的自由恋爱，而一系法则是独身主义"。

在三系法中，作为母本的雄性不育系是通过选育雄蕊退化不能自交结实繁育后代的，如果要在两系法中省去保持系，对母本就有了更加特殊的要求：当有父本和它杂交时，要求它能保持百分之百的母性，如此才能接受父本的花粉，生产出高纯度杂交种子；当没有父本和它杂交时，又要求它的雄蕊恢复正常，也就是恢复水稻这种雌雄同花、自花授粉作物的本色，能够自交结实繁育自己的后代。然而，在茫茫无涯的水稻王国里，又到哪里去找那一种非常特殊的母稻呢？谁又将成为第一个发现者？

这个发现，如同三系法中对"野败"的发现一样，必将在两系法的探索之路上，从根本上打开一个突破口。说来，这又源于一个神奇的发现。只要提到两系法，作为全国协作攻关责任专家的袁隆平，首先就会提到为此立下首功者——湖北省沔阳县沙湖原种场农技员石明松。1973年秋天，石明松在沙湖原种场单季晚粳品种"农垦58"大田中，发现了三株典型的雄性不育突变株（后被命名为"农垦58S"）。这一发现的突破性意义，有如李必湖、冯克珊发现"野败"，"野败"的发现让以袁隆平为首的中国科学家成功培育出三系法杂交水稻，而石明松发现的"农垦58S"，则把杂交水稻从三系法推进到了两系法。

当然，一个再神奇的发现，也只是找到了一个突破口。一个基层农技员，不可能在第一时间就知道他的这一发现将"照亮整个水稻王国"，他也将经历相当长时间的摸索与试验。石明松和袁隆平当年一样，也是自发地搞科研。而一个基层农技站的条件比袁隆平所在的农校更差，一切只能

"土法上马"，有些事说起来让人发笑，一想又突然想哭。沔阳属于江汉平原，育种季节正是阴雨连绵的日子，必须用烘烤箱温种。但他没钱买烘烤箱，眼看稻种就要霉烂了，他急得在家里团团转。转着转着，他一眼看见了灶台上那口炒菜的锅，一拍脑袋，就用这炒菜的锅来温种。这事又落在妻子身上，用小火慢慢地烘烤种子。那火候还特别难以把握，一不小心就会把种子炒熟了。谁能想象，谁又敢相信，一粒将要"照亮整个水稻王国"的种子，就是在炒菜的锅里萌芽的。从 1974 年到 1979 年，石明松对他发现的"农垦 58S"不育株进行多轮测交和回交，而在一片光亮下，一个光照与水稻的秘密也渐渐露出了轮廓。他发现不育株的再生分蘖上能够自交结实，而分期播种的结果表明，其育性与光照长度有关，在夏天的时候是雄性不育的，花粉是败育的，到了秋天却又是正常的，育性自然恢复。很明显，这种不育株的育性随着光照长度而变化，这也正是光照与水稻的一个从未被人揭示的密码。当然，这不是一般的水稻，而是典型的雄性不育突变株。——这一试验结果，让他知其然，但还不知其所以然。哪怕知其然，也足以让他在杂交水稻育种上萌生了一个前所未有的设想：在长日高温下制种，在短日低温下繁殖，这样就可以一系两用了。他将这种雄性不育系命名为"晚粳日照两用系"。

这一阶段的试验，石明松钻研的重点是要搞清楚晚粳自然不育株的育性转换的原因，这种既能表现完全雄性不育，又能自交结实繁殖的两用核不育系，其遗传机理是怎样的？它到底在受什么因素控制？是气温、肥料还是光照？他要解开水稻的这个自然之谜。经过反复试验，他逐渐排除了气温、肥料等因素对育性转换的影响，从而把注意力聚焦在光照上。后来的实践证明，这是他最成功之处，也是他最大的一个误区。

国家科技攻关计划和国家"863"高科技发展计划也相继支持了这一重大研究项目，一时间，业界掀起"两系法杂交水稻技术"研究热，并在长江流域开始试种，两系法应用于生产，似乎已经呼之欲出。

一段历史追踪到此，难免有人又要发问了，这一成果好像没有袁隆平什么事啊。这还真是问到了点子上。那么，袁隆平在两系法上又有何作为呢？

　　这又与一场灾难有关了。那是 1989 年盛夏季节，在长江流域出现了罕见的盛夏低温，许多原本已宣告育成并通过鉴定的不育材料又变成了可育。当热潮遭遇寒潮，人会感冒、打摆子，而靠光温自然调节的两系法杂交水稻受气候影响，也会出现打摆子的现象。眼看那一派前所未有的蓬勃生机转眼间就变得死气沉沉，很多热情高涨的人在束手无策中一下坠入了绝望的境地，而方兴未艾的两系法杂交水稻，也一下被推到了"生死存亡"的关头。科研上的每一次重大挫折，首先就会给科研人员带来巨大的危机感，这让很多原本雄心勃勃的科研人员也开始"打摆子"了。一条从 1973 年秋天走过来的两系法探索之路，原本以为走到了柳暗花明的境界，没承想走到 1989 年夏天突遭如此挫折，不说是穷途末路，却也是进退维谷。这让两系法杂交水稻变得前途未卜，如果连不育关都过不了，又怎么能在大田生产上推广应用呢？

　　这也是科学试验往往会表现出来的两个极端，一个极端是每一次科技探索在成功之前尤其是在最初时所遭遇的冷漠，甚至是极端的低温，而一旦自以为"大功告成"，又会走向另一个极端，热情高涨，头脑发热，甚至有人早早宣告"中国从此进入了两系法杂交水稻的时代，袁隆平的三系法杂交水稻将要被石明松开创的两系法杂交水稻彻底淘汰"。当天气处于高温状态，必须发出高温预警。袁隆平及时发出了这样的高温预警："两系法杂交水稻技术绝不像原来认为的那么简单。"可惜，当时很少有人能冷静地听听他发出的警示。

　　袁隆平此前虽未参与"农垦 58S"的协作攻关，但作为"863"计划两系法杂交水稻专题的责任专家，他从 1987 年开始就主持全国十六个单位协作攻关。安江一直是袁隆平团队的科研基地，而他的学生李必湖也是参与协作攻关的科研人员。这里又要提到另一个重要发现者——邓华凤。这位 1963 年出生的杂交水稻育种专家，是李必湖的学生和助手。1987 年夏天，在袁隆平和李必湖的指导下，邓华凤在安江农校试验田中，发现了一株"怪怪的母稻"，不是模样怪，而是它对光照和温度的反应很敏感。在安江盆地 8 月至 9 月上旬的这段时间，日照强，温度高，白昼长，这株水稻开花时，雄蕊退化而雌蕊正常，这是典型的雄性不育性状，必须通过父本授粉才能结实。到了 9 月中下旬，随着日照时间缩短、温度逐渐降低，它又恢复了水稻自花授粉的自然本色，雄蕊和雌蕊都正常，不用父本授粉也可以自交结实。——这一现象被称为"育性转换"，有人将其形容为"像两栖动物一样功能强大"。对于两系法的杂种优势利用，关键就在如何掌握和利用这种"育性转换"的自然生命规律。

邓华凤发现的这株"怪怪的母稻"，也成了袁隆平科研团队的第一个两系法母本。

两系法有两个重大发现：第一个是石明松发现并育成了粳型光敏核雄性不育系——"农垦 58S"；第二个就是邓华凤发现并育成籼型水稻温敏核不育系"安农 S-1"，并且最终被定义为光温敏核雄性不育系。那么邓华凤的发现和石明松的发现有啥不同呢？差别其实只有一个字——"温"。多一个"温"字和少一个"温"字简直不值一提，若不仔细看，甚至根本就看不出来。这是微小的差别，却是根本性的差别，也正是这一发现为袁隆平的两系杂交水稻研究打开了突破口。这里重复一下，石明松在想要搞清楚"农垦 58S"雄性不育突变株的育性转换到底受什么因素控制。经过反复试验，他逐渐排除了气温等因素，最终选择了光。后来的实践证明，这是他最成功的地方，也是他最大的一个误区。这么说吧，他最大的成功就是揭示了光照对水稻育性转换的规律，而他最大的一个误区，就是排除了温度对育性转换的影响。而且是致命的影响。这其实并非他一个人的误区，当时绝大多数人都认为，光敏不育系的育性转换，只受变化很有规律的光照长度的影响，而邓华凤的发现之所以神奇，就是这一发现恰好弥补了被石明松排除了的一个重要因素，那就是温度对育性转换的影响。正是这一发现，让两系法杂交水稻在一个致命的误区中得到了起死回生的拯救。事实上，这也是对此前"两系法杂交水稻"定义的一次科学改写。

这里就从那个临界温度说起。经反复试验后，袁隆平和协作攻关的科研人员终于探悉不育系育性转换的起点温度为 23.5℃，当不育系在温敏感期的温度低于临界温度时表现可育，而高于临界温度时则表现为不育。一把密钥终于找到了，袁隆平又风趣地笑着打比方了，两系法虽说是一夫一妻、自由恋爱结婚，制种虽然少了保持系这个"丈夫"，但母稻对生儿育女的要求很高，你对她的冷暖还得特别关心，稍不满意她就使小性子，一赌气又变成了原来的样子（常规水稻）。

在两系法的攻坚战中，袁隆平和协作攻关的科研团队几乎是一直在同温度作战。经反复试验，他和"863"协作组终于揭开了水稻光、温敏核不育系的秘密。1992 年，袁隆平在《杂交水稻》上发表了论文《选育水稻光、温敏核不育系的技术策略》，正式提出了水稻光敏核不育的育性转换模式："光敏不育系只能在一定的温度范围内，才具有光敏特性，即长光下表现不育，短光下可育，超出这范围，光照长短对育性转换并不起作用。当温度高于临界高温值时，高温会掩盖光长的作用，在任何光长下均表现不育；当温度低于临界低温值时，低温会掩盖光长的作用，在任何光长下均表现可育。在光敏温度范围内，光长与温度有互补作用，即温度升高，导致不育的临界光长缩短；反之，温度下降，导致不育的临界光长变长。品系不同，光温临界指标不同。"同时，他在论文中对温敏不育系也提出了育性转换模式："品系不同，导致不育的起点温度不同。"这两个模式，以严谨而清晰的科学思维理顺了水稻光、温敏不育系育性转换与光、温变化的关系，从而为选育实用的两用不育系指明了新的方向和技术路线。

袁隆平在稻田里

　　就在这节骨眼上，从安江传来袁母病危的消息。父亲去世后，他便把母亲接到了安江，但他很少有时间回家，一直是妻子在尽心服侍。当母亲病危的消息传来时，他正在长沙马坡岭试验田主持一个协作攻关的现场会，无法赶回去。他心急如焚，每隔两小时就打一次电话回去，一是询问母亲的病情，一是叮嘱要采取一切抢救措施，唯愿母亲能撑住一两天，只等现场会一结束，他立马就往安江赶。然而，就在他连夜赶赴安江的路上，他一生深爱的母亲，那个教会了他公正和博爱的母亲，终于没有挺到最后一刻就溘然长逝了。路途坎坷而迢远，家人担心他路上太伤心，没有告诉他母亲过世的噩耗。当他赶到安江农校，车还没有停稳，他就打开车门跳了下来，一眼看到灵堂，他恍然明白了一切。他奔进灵堂里，双膝一跪，就扑在母亲身上无声地痛哭，好半天才发出声音。他捶打着自己的心口，痛呼着："我来迟了啊，妈，我来迟了啊！"他挽救了两系法杂交水稻的命运，却无法挽留母亲的生命，只能带着一生难以弥补的遗憾和痛惜，充满了惆怅地长叹："人生有时候真是忠孝难两全，我是一个不孝之子啊！"每当他这样自责时，妻子就柔声安慰他说："你把杂交水稻搞成功了，就是对老人尽了最大的孝！"

给母亲送葬后，他又日夜兼程地赶回了长沙马坡岭的试验田。关山重重啊，两系法攻关和三系法一样，也是一道难关紧接着一道难关，若要在大田推广应用，就要攻克亚种间的优势组合关。在如何选育亚种间的强优势组合方面，袁隆平又经过多年的研究试验，从而有针对性地提出了八条原则："矮中求高，远中求近，显超兼顾，穗求中大，高粒叶比，以饱攻饱，爪中求质，生态适应。"这八条原则不但在两系法育种中屡试不爽，在接下来的超级杂交稻的选育过程中也成了法宝。

1995 年 8 月，随着两系法杂交水稻相继闯过了不育关、繁种关和优势组合关这三道难关，继袁隆平在 1973 年宣告我国籼型杂交水稻三系配套成功后，他又一次郑重向世界宣告："我国历经九年的两系法杂交水稻研究已取得突破性进展，可以在生产上大面积推广。"——这也是中国独创的两系法杂交水稻元年。

很明显，袁隆平所说的"历经九年攻关"，是从 1987 年两系法杂交水稻研究专题正式列入国家"863"计划算起的，这也是很严谨、很正式的一种说法。而此前，从 1973 年石明松发现雄性不育突变株"农垦58S"到 1985 年"湖北光周期敏感核不育水稻"通过鉴定，就已历时十二年，但从严格的科学事实看，两系法在当时还没有一条清晰的技术路线，就像是一个漫长的前奏或引子。如果把这一段历史纳入其中，整个两系法的历史进程比三系法走过的路还要漫长，历时二十二年，中国科学家才终于摘下了杂交水稻皇冠上的第二颗明珠。中国从此才真正跨进两系法杂交水稻的时代，这是中国杂交水稻发展史上的第二座丰碑。

走到这一步，一个水稻王国的哥德巴赫猜想，可以说证明了"1+3"。

当袁隆平解开两系法杂交水稻的生命密码时，一个谁也无法颠覆的科学事实也昭然若揭，当两系法走到了生死关头，正是他提出的技术路线和理论依据让两系法起死回生。在杂交水稻发展史上，袁隆平既是三系法杂交水稻的总设计师，在关键时刻又成为两系法杂交水稻的总设计师，这也是他在杂交水稻发展史上的第二个重大贡献。

两系法杂交水稻的成功是农作物史上的重大突破，也是举世公认的一项中国独创、世界首创的科技成果，在水稻杂种优势利用上，具有前所未有、无与伦比的优势，它真正达到了大道至简的效果，继续使我国的杂交水稻保持了世界领先地位。

谁来养活中国

一条科学探索之路漫长而曲折，一代代科学家也在这条路上慢慢变老。

屈指一算，袁隆平从五十七岁开始两系法攻关，到1995年两系法育成，他已六十六岁，早已超过退休年龄。按一般人的想法，他在三系法杂交水稻研究成功后，就已功成名就了，成了享誉中外、当之无愧的"杂交水稻之父"，如今又锦上添花，育成了两系法杂交水稻，最要紧的是要爱惜羽毛。何况他年岁实在不小了，这么多年来一直风里来雨里去，也该享享清福了。但对于他来说，这还只是他在"三步走"的战略设想中迈出的

追逐太阳的人：杂交水稻之父袁隆平

第二步，接下来，他还将不断超越自我，发起一轮又一轮的攻关。

从世界范围看，中国杂交水稻的突飞猛进，既让世界震惊，也让各国科学家奋起直追。当两系杂交稻开始在中国的稻田里大面积播种时，国际上早已掀起了超级稻研究的热潮。说来，又是日本人先声夺人。早在1981年，中国还处于杂交水稻的初级阶段，日本农林水产省就制定了一个具有超前性的"逆753计划"，这是一个大型合作研究项目。为此，日本农林水产省组织了全国各主要水稻研究机构协作攻关，计划在十五年内，把水稻单产提高一半以上（将亩产从420至540公斤提高到630至810公斤）。如果他们能够实现这一目标，就能超越中国，率先迈进杂交水稻的高级阶段——超级稻时代。在1981年至1988年的八年间，日本科学家共育成了五个超高产水稻品种，这一计划在1995年实现，在生产上大面积推广使用。而中国独创的两系法杂交水稻也正是在1995年大功告成。不同的是，中国两系法杂交水稻成功了，而日本则和他们此前在杂交水稻研究上的遭遇差不多，他们从未输在起跑线上，却总是半途而废，他们培育出来的这些品种，大多在抗寒性、抗倒伏、结实率和稻米品质方面存在这样或那样的问题，尽管他们一度冲到了中国的前面，最终却难以冲出他们的试验田。

国际水稻研究所也不甘落后，他们于1989年正式提出了水稻超高产育种计划，后又改称"新株型"育种计划，计划用十年的时间，育成一种有别于以往改良品种的新株型水稻，到2000年时在东南亚等热带地区推广使用，预期产量将比当时的最高品种提高两成以上（从670公斤提高到800至830公斤）。这也是名副其实的超高产水稻了，超级稻第一就是要超高产。然而，他们也像日本科学家一样遇到了很多难以攻克的难题，最终也同样走不出科学家的试验田。

正因为超级稻一直难以从根本上突破，因此被人们称为一个"超级神话"。

无论日本还是国际水稻研究所，在技术条件、科研设备上，都比中国占有优势，这是他们的科技硬实力。即便到了 20 世纪 90 年代，中国在硬件上也远远赶不上他们，中国超越了他们的就是一粒神奇的种子。那么，以袁隆平为代表的中国科学家，继中国独创的两系法之后，是否能再创造一粒更神奇的种子？一个当代神农，又是否能把一个"超级神话"变成货真价实的超级稻呢？谁也没有这个把握。

当袁隆平把目光投向超级稻，有人早早就为他捏着一把汗了。连他的一些助手和学生也觉得袁老师不能再冒险了。事实上，无论此前，还是此时，都有人提醒他："袁老师啊，您现在已是国际同行公认的杂交水稻之父了，国家和省里都对您寄予厚望，万一搞砸了，岂不坏了名声？"袁隆平也知道，劝他的人都是好心好意，他们的担心也并非多余，任何科学研究都有失败的可能，而失败的概率比成功要高得多，成功是"万一"，甚至连万分之一都不到，而失败则是"一万"。这世上有多少科技人员在默默无闻地探索着，又有几人能功成名就。有的人殚精竭虑搞了一辈子育种，最终也培育不出一粒好种子，用育种界的行话说，那是"终生不育"。如此微乎其微的成功率，也让一些功成名就者抱有见好就收的心态，这也是一种比较普遍又无可厚非的心态，正因为特别难成功，谁都会百般地爱惜和呵护自己的名誉，在科学探索之路上变得谨小慎微，生怕一个什么闪失就毁掉了自己来之不易的一世英名。然而，以袁隆平的人生境界论，他考虑的从来不是自己的一世英名，他的初心，他的人生目标，始终不渝，那就是一个农业科学家的天职，让中国人把饭碗牢牢地端在自己手里，让天底下的每一个人都能吃饱肚子。

看看当时的背景或现实，尽管袁隆平发明的一粒种子已经起到了大推广、大增产的效果，但国内外依然笼罩在粮食危机的阴影下。1994 年 9 月，美国世界观察研究所所长莱斯特·布朗向中国也向世界发问：谁来养活中国？有人将其称为"警世的呼唤"。这篇长达一百四十一页的报告，其实还有一个诡异的副标题——来自一个小行星的醒世报告。布朗是用宇宙的眼光看地球，在苍茫浩瀚的宇宙中，地球就是一个微不足道的小行星。而在全球化的背景下，贫困与饥饿已经跨越了国界，不是哪一个国家关起门处理的家务事，而是全人类必须共同面对的问题。他提出的问题似乎咄咄逼人，直指中国，但他关注的其实不只是中国，而是全球。像地球这样一个小行星，土地面积十分有限，粮食产量十分有限，又加之灾难频发、战乱频仍，一旦人口基数庞大的中国不能养活自己，必将从世界各国抢购粮食，引发世界性的粮食危机。布朗发出的"警世的呼唤"，绝非杞人忧天，对中国这样一个古老大国来说，饥荒一直是一个挥之不去的魔影，他提出的问题，也的确是一系列充满了灾难性而又难以破解的难题，像是一个解不开的魔咒，也有人称之为"布朗的魔咒"。

一石激起千层浪，随着布朗发出的"警世的呼唤"，饥饿的中国仿佛一个巨大魔影笼罩了整个地球。

谁来养活中国？中国人在问。

谁来养活中国？全世界都在问。

那么，袁隆平又怎么看呢？他认为，布朗看到了中国庞大的人口将侵占大量的人类资源，这是非常清醒的，也是他十分认同的。当时，很多中国人刚刚吃了几年饱饭，就忘乎所以了，没有这样清醒的意识，更没有严峻的危机感。但他认为，布朗的发问也有一个最大的弱点，那就是对科技进步提高农作物生产力的巨大潜力估计不足，中国人能够吃饱肚子，除了新时期的政策在起作用，农业科技进步也是支持粮食增产的第一生产力。如果没有科技支撑，尤其是杂交水稻的大推广、大增产，中国人不可能在短时间内缓解长时间粮食紧缺的局面。这也让袁隆平坚信："中国人通过科技进步和共同努力，不仅能养活自己，而且可以帮助发展中国家解决粮食短缺问题。"这绝非盲目自信，而是基于他执着而坚定的科学信仰。

袁隆平清醒地意识到的问题，中国政府也清醒地认识到了。1996 年，农业部正式启动了为期十年的中国超级稻育种计划。第二年，袁隆平院士提出的"中国超级杂交稻育种计划"又由国务院总理基金和国家"863"高技术计划立项，袁隆平作为这一计划的牵头人，组织全国二十多个科研团队协作攻关。——这已是袁隆平继三系法、两系法之后，第三次率领全国科研团队协作攻关。一向喜欢拿比喻说事的袁隆平又开始打比方了："如果常规稻是鸟枪，杂交稻就是大炮，那么超级稻就是核武器！"

若要培育出超高产的水稻，那就要把水稻所有的优势都加以利用，包括常规稻、三系杂交稻、两系杂交稻，只要有增产潜力都可以尽力开发其潜能。实践证明，最具有开发潜力的还是以两系法为主的亚种间杂种优势利用。按水稻领域的主流观点，水稻只有籼稻和粳稻两个亚种，也有一些科学家认为爪哇稻是水稻的亚种，但主流观点则认为爪哇稻属亚热带粳稻。从中国稻作区分布看，一般是南籼北粳，这两个亚种的亲缘关系比较远，而亲缘越远，其远缘杂交的生物学优势就越强，这也是亚种间杂交比品种间杂交更大的优势所在。但亚种之间也有一个与生俱来的大限，由于它们亲缘太远了，亚种间遗传分化程度大，存在一定的生殖隔离，在杂交上比栽培稻和野生稻的品种间杂交还难。这种生殖隔离用专业术语说，就是"不亲和"。袁隆平在试验中发现，在亚种间进行杂交后，杂种受精结实不正常，看上去穗子很大，但大部分是空壳、瘪谷，一般只有两三成的结实率，产量比常规稻还要低。这次试验，一如袁隆平、罗孝和在三系杂交稻的优势组合试验一样，表面上看，试验失败了。但袁隆平当然不会只看表面现象，他当时估计，如果结实率正常的话，通过籼粳杂交将产生强大的杂种优势，亩产可达到九百公斤，甚至突破一千公斤大关，这在当时，可真是一个"超级神话"了。

若要把这个神话变成现实，关键是打通"不亲和"这个生殖隔离。

这也是日本科学家此前已经意识到了的。如袁隆平的老朋友池桥宏，早在 1982 年就揭示了籼粳稻的不亲和性以及由此引起的杂种结实率低的原因，并在这方面做出了难能可贵的尝试。他首次提出了"水稻广亲和现象"，那就是在籼稻和粳稻两个亚种间找到一些中间型的水稻，如爪哇稻，这种中间型的水稻品种先天就具有广亲和基因，无论是与籼稻杂交，还是与粳稻杂交，试验显示都能正常结实。但池桥宏经过多年试验，最终都没有从根本上突破，而他的尝试为袁隆平攻克生殖隔离的大限找到了突破口。

中国幅员辽阔，稻作区分布广泛，具有丰富的广亲和资源，亲和谱各异，也是一种巨大的优势。这是日本这个狭小的岛国无法比拟的。还有一点也非常重要，袁隆平在攻克两系法时就主张"把光、温敏核不育基因与广亲和基因结合起来"，随后又在国内率先提出"水稻亚种间亲和性模式"，进一步阐明和发展了池桥宏提出的"水稻广亲和现象"，从而提出了比池桥宏更全面、更深入的"广亲和基因"和"辅助亲和性基因"的理论，并按亚种间亲和性表现，将水稻品种分成了"广谱广亲和系""部分广亲和系""弱亲和系"和"非亲和系"。在这个理论基础上，袁隆平和他的科研团队对广亲和资源进行大量的筛选和遗传研究，从而发现广亲和材料中还存在另外一些广亲和基因，这些基因在克服亚种间杂种的不育性方面同样具有重要作用。经过协作攻关，以袁隆平为代表的中国科学家终于为水稻亚种间的杂交打通了生殖隔离壁垒，这也是他们继攻克三系法、两系法之后又攻克了一道世界性难题。这一突破让池桥宏惊喜不已。他虽说是提出"水稻广亲和现象"的第一人，但他的设想在日本没有实现，而是在中国长沙实现的。这让他对袁隆平、对长沙抱有一种特殊的感情，他先后五次来长沙和袁隆平探讨交流，两人在稻田里结下了深厚的友谊。

科学无国界，袁隆平和池桥宏的友谊也是一个典型事例。

在打通亚种间的生殖隔离之后，袁隆平一只眼盯着种子，另一只眼盯着株型。

说到这里，袁隆平又开始打比方了："若要水稻超高产，米质好，良种是核心，这就必须把杂种优势利用和形态改良结合起来，就像好的运动员，既要高大壮实，还要体力充沛。"对于超高产水稻而言，形态，也就是株型，也是至关重要的。想想也知道，那超高产的水稻倘若结出了沉甸甸的稻穗，如果没有强有力的稻株又怎么能承受得起。在杂交水稻诞生之前，水稻育种的技术路线主要是从植株的高矮、形态着手进行改良，如黄耀祥先生当年培育的半矮秆水稻，就是这方面的经典范例。矮化育种可提高水稻的抗风、抗倒伏能力，在大田推广后的亩产为二百五十公斤上下，这在当时已很了不起了，但用在超级稻上显然就不行了。按农业部分期制定的中国超级稻产量指标，第一期（1996—2000 年）亩产就要达到七百公斤，这差不多是半矮秆水稻的三倍了，那该要多么高大的稻株才能支撑起这么多稻穗。很明显，超级稻必须拥有高大的株型，但稻禾一高，加上那沉甸甸的稻穗压在上面，很容易倒伏，一遇狂风暴雨，会造成大面积倒伏。如何抗倒伏，也是一道世界性的难关。此前，日本的"逆 753 计划"超级稻没有闯过，国际水稻研究所的"新株型"超高产水稻也没有闯过。迄今为止，美国杜邦先锋公司的转基因超高产水稻也没有闯过，一场暴风雨过后，就是一个灾难性的现场，那沉甸甸的稻穗几乎全都栽倒在泥水里。一个品种再高产，如果没有抵抗自然灾害和病虫害的能力，就会落得减产绝收的命运，一切优势荡然无存。

这就是超级稻要攻克的第二道难关，必须培育出一种高大壮实的株型，株高是半矮秆水稻的两三倍，又具有高度的抗倒伏能力，还必须考虑到，那高大的株型如果枝繁叶茂，就有可能遮挡阳光，对水稻这种喜光的作物，还必须尽可能提高其光合作用的效率。中国稻作区分布广泛，从平原到高山、丘陵，由于生态条件复杂，气候变化多样，在株型设计上还要立足当地，这就需要分布在不同地域的科研人员参与，这也是协作攻关的意义所在，每个协作攻关的科研人员都必须因地制宜、对症下药地琢磨如何改良株型。袁隆平一直紧盯着长江中下游流域，这是中国最重要的稻作区，播种面积约占全国水稻总面积的近一半，若能大幅度提高这一地区的水稻产量，对确保我国粮食安全具有举足轻重的意义。

　　因袁隆平一直把目光紧盯着被阳光照亮了的大地，有人把他誉为一颗持续发光、热力不减的恒星，而他源源不断地散发出的热量、能量又来自阳光和大地。当田间的农人都回家歇晌后，那几个依然在稻田里俯身寻觅的身影，便是袁隆平和他的助手。很多描述写起来都是重复，然而农业科技人员日复一日的劳作就是重复。想要在茫茫稻海中寻找到一种理想的株型，是件非常渺茫的事情，而偶然又必然的发现已是袁隆平一次次为我们展现的神奇风景。幸运的是，这一次发现没有来得太迟，就在中国超级稻育种计划正式启动的第二年，1997 年，袁隆平在观察两系法杂交组合时，便发现了这个株型优良、极具高产潜力的组合。当时，刚刚经历了一场暴风雨，在四周的稻田里，几乎所有的稻禾都倒伏在泥水里，只有一片稻禾在同灾难的较量中还保持着仅有的尊严，那稻穗虽沉甸甸地低着头，但稻禾的腰杆子很硬，在这场风暴过后依然保持着坚韧不倒的姿势，简直看不出它们也经历过风暴。又是谁创造了奇迹？第一个就是罗孝和。他依然是那个乐呵呵、爱开玩笑、时不时吹点小牛皮的罗呵呵，简直没一点儿正经，但他在中国杂交水稻探索之路上打造出了一个个经典之作，每一个都很牛。

　　这一组合以罗孝和研究员主持选育的低温敏核不育系"培矮 64S"为母本，但光有这个母本还不成，又有一个人立下了大功——江苏省农业科学院研究员邹江石，他经过数百次试验，最终筛选出了一个以"培矮 64S"为母本的两系法杂交水稻新组合"培矮 64S/E32"，无论对两系法杂交稻，还是对中国超级杂交稻来说，这都是一个魅力四射的存在。这一组合神通广大，既可做中稻栽培，又可作为连作晚稻，还是做再生稻的理想品种。当然，袁隆平最看重的还是它的株型，看上去就像一个标致的大姑娘，其株高超过一米一，秆高超过一米，那深绿色的叶片又厚又直，尤其是那三片功能叶，其横断面呈瓦状（V 字形），剑口青秀挺拔，剑叶角度小。

这株型让袁隆平眼前霍然一亮，他摸着脑袋观察了半天，又拍了拍自己的额头，自言自语道："高级，高级啊！"

曾经有人这般描述，袁隆平灵机一动，随即便顿悟出了超级稻的理想株型模式。的确，这样的灵感或顿悟，在袁隆平的一生中频频发生，正所谓"迷闻经累劫，悟则刹那间"。灵感，其实就是如得神助之感，但要塑造出超级稻的株型模式，单凭一个灵感或顿悟是不可能完成的，还必须经过反复观察、分析和试验。而农作物高矮之间的关系，涉及一个力学公式，稻秆是空心的，这里就以一个空心钢管为例，它所承受的压力和它高度的平方成反比，钢管越矮，它所能承受的压力就越大。如果选择两根同型号的钢管来测试，一根高七十厘米的钢管，比高一米的钢管所能承受的压力大一倍。袁隆平一直后悔自己年轻时数学没有学好，幸亏他的物理成绩还不错，这在农业科技中是经常要用到的。他按这个力学公式，参照"培矮 64S/E32"的植株形态，并针对长江中下游流域的气候与水稻的性状特征，对超级稻的生长态势进行了量化分析，从而设计出了理想的超高产稻株形态模式：第一，冠层要高，即上面的叶子高度要在一米二以上，这有利于水稻的生长和结实。而抗倒伏是超高产的一个前提，一旦倒了就会减产甚至颗粒无收，因此斜都不能斜，一旦倾斜就会失重，还会导致叶片相互遮光，这就会影响水稻的采光，导致养料运输受到阻碍，哪怕种子再好，也不能实现超高产。为了避免倾斜，就必须对上三叶进行塑造，叶片要轻，并且是长长地、直直地向上举着，这样既能增强其抗倒伏能力，又不会遮挡下面的阳光，在大片稻株之间也不会互相遮光，如此，才能充分提高群体的光能利用效率，实现有效增源。第二，穗层要矮，即稻穗的位置矮，不能让稻穗往顶上长，那个压力太大了。稻株最大的承受力，在其腰部以上、胸部以下。这是打比方，最理想的位置是，当稻子成熟的时候，穗尖离地只有六七十厘米，它所有的重量（重力、重心）自然下垂，这样才拥有更强的承重力。

袁隆平凡事都从老百姓考虑,这么多要领,那些在第一线的农技推广人员和稻农不一定能记住,他就把理想的超级稻株型概括为几句口诀:"高冠层,矮穗层,中大穗,重心低,库大而匀,高度抗倒。"

理想的株型,还要辛勤培育,他又率协作攻关的科研人员发起了一轮轮攻关。

由于"培矮 64S/E32"已具有比较理想的株型,在此基础上,罗孝和与邹江石率先育成了世界上第一个投入大面积生产的两系法杂交稻组合"两优培九",这一组合被袁隆平初步认定为超级杂交稻的先锋组合。但他这个顶尖级的权威认定了还不算,还必须拿出证据来,这个证据只能从试验中得来。

在"两优培九"育成的当年,袁隆平就在湖南布下了四个百亩示范片,平均亩产超过了七百公斤,若按农业部分期制定的第一期超级稻产量指标,应该说已经达标了,但农业部并未做出达标的认定。这也是一种严谨的科学态度。一粒种子的普适性十分重要,还必须在更大范围内试种。在接下来的试验中,"两优培九"又进一步扩大试种范围,在湖南郴州两个示范片经专家现场测产验收,均达到第一期超级稻产量指标。而在当年,全国有十六个百亩示范片和四个千亩示范片亩产均达到和超过了七百公斤,大面积的试种结果充分验证了这一品种既可在一般生态条件下大面积推广,也可在地形复杂的山区推广。1999 年,通过江苏省农作物品种审定委员会审定,随后又经农业部、科技部组织专家鉴定,最终认定该组合为"超级稻"。除了产量指标达标,还有质量,经鉴定,第一期超级杂交稻"两优培九"的米质就达到了农业部规定的二级优质米标准。

这标志着,从 1996 年正式启动的中国超级稻育种计划,历经四年,在人类跨入新千年、迎接新世纪的 2000 年,达到第一期产量指标,世界上第一个超级杂交稻组合诞生了。中国超越了日本和国际水稻研究所等先行者，率先迈进了超级稻时代，一个"超级神话"在中国变成了现实。这是中国杂交水稻发展史上的第三个里程碑。

曾记否，布朗在"谁来养活中国"中的那个诡异的副标题——来自一个小行星的醒世报告，而就在 1999 年 10 月，经国际小天体命名委员会批准，中国科学院北京天文台施密特 CCD 小行星项目组发现的一颗小行星（8117）被命名为"袁隆平星"。南京天文台还曾多次邀请袁隆平去看那颗小行星，但他没有去看。说到此事，他带着他那特有的幽默口气说："那颗星好大，直径有一万米，十公里。小行星麻烦呀，会闯祸的，如果一颗直径千米的小行星撞地球，比几亿吨级的氢弹还厉害，但我的那颗星是循规蹈矩的，不会坏事！"

袁隆平关心的不是那颗直径有十公里的小行星，而是地球这颗直径 1.28 万公里的小行星。谁来养活中国？谁来养活地球？在铆足劲儿攻关四年后，袁隆平终于可以长长地吁一口气了，对于布朗那"警世的呼唤"，他现在可以底气十足地回答了："我们的超级稻计划比日本晚了十六年，比国际水稻研究所晚了七年，但现在，我们跑在世界最前沿！"

向极限挑战

在日月交替中，人类已跨越新千年，迈进 21 世纪，又一个科学的春天来临。

一座冬雪刚刚化尽的首都被明媚的阳光照得焕然一新，庄严的人民大会堂如时空中的一个坐标。2001 年 2 月 19 日上午，又一个必将载入共和国史册的科学盛典在人民大会堂举行。

这年，袁隆平已年过古稀，在优美而有力度的背景音乐中，在一片惊奇又充满了崇敬的目光中，他谦逊地微笑着，登上了国家最高科技奖的领奖台。那是中国首次颁发国家最高科学技术奖，其规格之高、奖金之重，在共和国历史上都是前所未有的。评选也极为严格，每年度获奖人数不超过两人，获奖者必须在当代科学技术前沿取得重大突破或者是在科学技术的进展中有突出成绩。袁隆平是中国工程院第一位获得这一崇高荣誉的院士。

即便登上了国家最高科技奖的领奖台，他依然朴实得像一个刚从稻田里走来的农民。他也确实是从南繁育种基地的稻田里赶来，浑身散发出阳光、泥土和稻子的味道。尽管他自称是一个种了一辈子水稻的农民，但谁都知道他是一个"伟大的农民"，他伟大的成就是突破经典遗传理论的禁

袁隆平到国家杂交水稻基地视察

区，提出水稻杂交新理论，实现了水稻育种的历史性突破。从对水稻杂种优势的实际利用看，当时我国杂交水稻已占全国水稻播种面积的一半以上，平均增产百分之二十，产生了巨大的经济和社会效益。袁隆平的获奖感言依然像农民一样朴实而谦逊："这个奖是奖给全国农业战线的科研工作者的，我个人在杂交水稻的前沿工作中起了一点带头作用，但杂交水稻是大家干出来的，单枪匹马不可能干出来，靠国家，靠集体，靠方方面面支持，每取得一项成果，都是全国很多人协作攻关的成果。"他表示，在实现中国超级稻第一期目标的基础上，还要继续探索，追求更高的目标。

谁又能想象，这个刚刚还站在国家最高科学技术奖领奖台上的科学家，一走下领奖台，便飞赴海南三亚南繁基地，一下飞机又直奔自己的试验田。他的学生和助手们说，袁老师有"三快"：一是吃饭快，别人刚端起饭碗，他已经放下了筷子；二是走路快，年轻时不说，如今都七十多岁了，年轻人也追不上他；三是行动快，他辗转各地、南繁北育，一说动身，三下五除二就把行李收拾好了，而且还捆扎得利利索索、结结实实。他这样神速，其实也是多年来养成的习惯，甚至是一种习惯性的心理，仿佛永远处于一种"时不我待"的状态。而现在，又一个目标已经摆在眼前，按农业部制定的中国超级稻育种计划的第二期产量指标，亩产将要比第一期增产整整一百公斤，达到八百公斤。对粮食产量的描述，虽说有时候必须斤斤计较，甚至是锱铢必较，精确到小数点后面两位数，但按通俗的说法，一般以五十公斤为一关，一百公斤为一大关。这就是说，要实现第二期超级稻产量指标，就要在第一期的基础上再迈过一大关。

每当袁隆平开始攻关的时候，总有好心人为他操心。唉，袁老啊袁老，都这么大岁数了，连国家最高科技奖都拿到了，已经抵达人生与科研的巅峰了，还有什么不满足啊，应该退下来颐养天年了。在许多人看来，这已不是什么急流勇退，而是自然而然、顺其自然的事情，岁月不饶人啊！当人渐入老境后，时常会陷入时间的困扰之中，发出这样的怅叹。可同袁隆平一比，这实在是庸人自扰。袁隆平没有这样的嗟老叹衰，从不为岁月所困扰，只因他能以豁达的心态解脱自己，这让他进入一种岁月无羁的自由境界，年龄对他没有意义了，也就"不知老之将至"了。你看他活得多么自在，多么健康，他风趣地说："我是七十岁的年龄，五十岁的身体，三十岁的心理，二十岁的肌肉弹性。"他那身子骨还真是杠杠的，一直保持着硬朗偏瘦的体形。

农业需要科技来支撑，而科研需要身体来支撑，好身体必须有好心态。袁隆平不光身体好，而且体魄好。体魄和体格是不一样的，除了体格，在强壮的体格里还必须蕴藏着充沛的精力。有了好心态，对许多是是非非就能看透与宽容，也就能抓住最想干的那件大事。而对他来说，一辈子就是干一件事，那也是他最乐意干的、最值得干的一件事，"我的工作就是生活的一部分，能为国家、为人民做自己应做的事情是最愉快的"。

袁隆平的心态是乐观的，但每一次攻关都是苦难的历程。第二期超级稻又是长达五年的攻关，这一目标预定在 2005 年实现。五年，说长也长，说短也短，袁隆平一刻也不敢耽误，但号称"三快"的袁隆平，在科研上面却一直是执着而稳健地推进。一个与新中国一路风雨兼程走过来的人，对狂飙式的"大跃进"一直保持高度警觉。在科学探索之路上，每一步都是稳打稳扎、步步为营，这也是快与慢的辩证法，欲速则不达。他特别喜欢"矮子爬楼梯"这个比喻，一个迈向科学高峰的登攀者，其实很少有昂首挺胸的姿态，更多的时候，他都是低着头、弓着身，一步一个台阶地往上登，哪怕登得再高，那也是一副俯身于大地的姿态。

雄关漫道真如铁，每一次攻关都极其艰难。就在袁隆平率协作攻关的科研人员向第二期目标挺进之际，布朗那灾难性的预言仿佛就要应验了，一场世界粮食危机正在逼近人类。2003 年 10 月秋收过后，我国粮价突然出现大幅度上涨，这是国内粮价在连续六年持续下跌后的首次全面上扬。每天吃着大米饭，很少有人会想到那些稻田的播种耕耘者，而一旦粮价上涨，顷刻间就让每一个人绷紧了神经。其实，中国当时并未出现粮食危机，粮价上扬的幅度并不足以引发大规模的恐慌。然而，一个从饥饿和半饥饿中走出不久的民族，是极容易发生条件反射的。尤其是在 20 世纪 70 年代以前出生的人，几乎都经历过粮食紧缺的年代，一有风吹草动，一下就勾起人们对饥饿的恐惧。

一个农业科学家，在强烈的危机感驱使下，一步一步把超级稻推向更高的台阶。这也是当时的奇特风景，在粮价不断推高的同时，一边是频频告急，一边是捷报频传。2004 年，湖南中方、汝城、隆回、桂东等十二个百亩片和一个千亩片，实现了亩产八百公斤的攻关目标。第二年在更大的范围和不同的地理环境下试种后，通过农业部组织专家现场测产验收，中国超级稻第二期攻关目标达标了。就在这年，在全国推广种植超级杂交稻，第一次被写进了中央一号文件。

2006 年，农业部又启动了中国超级稻第三期育种计划，这一期攻关目标为亩产九百公斤。摆在袁隆平面前的，又是一道难以逾越的大关。而就在这年，联合国粮农组织发布的世界"农业收成预计和粮食现状"报告显示，"粮食危机已经席卷了第三世界国家，全球共有三十七个发展中国家面临粮食短缺、产量锐减、价格涨幅过快，整个世界有可能陷入三十年来最为可怕的粮食恐慌与危机"。当时有报道称，目前全球的粮食储备只能勉强维持人们五十多天的需求，已经跌破粮食储备七十天的安全线。又据联合国粮农组织称，最主要的粮食作物国际价格都创出历史新高，这一轮粮价暴涨全球已有超过一亿人陷入饥饿困境，每天都有人正在经历痛苦和死亡。

粮食危机从来不是某种单一粮食作物的危机，往往是一种连锁反应。随着全世界的水稻减产，小麦、玉米等主粮也遭受重创，而在危机中首先被席卷的就是那些贫穷国家。

南美洲的传统农业国秘鲁，粮食价格大幅上涨，越来越多的民众陷入饥荒之中。数千名饥肠辘辘的妇女怀抱着襁褓中的婴儿聚集在国会门口，阳光把飘扬的国旗和她们饥饿的身影照得特别清晰，一张张面黄肌瘦的脸上，那高高突起的颧骨凸显饥荒的真实。她们一边有气无力地敲打着空罐和空盘子，一边嘶哑地哭喊着让政府"想想办法"，"我们没有饭吃，孩子没有奶喝……"。

南亚的孟加拉国，一直以大米为主粮，在那场世界粮食危机中，大米的价格比上年猛涨了一倍。买不起大米的市民纷纷走上街头，饥肠辘辘的他们拥挤在政府门口，像一堆堆积满了灰尘的杂物，一张张枯黄的脸上毫无生气，深陷的眼眶里却闪射出绝望的、令人战栗的寒光，这是他们向政府请愿的方式，也是饥民最无奈的选择，而政府官员也无可奈何，他们只能奉劝市民们少吃大米，多吃马铃薯……

西非的多哥共和国，是联合国公布的世界最不发达国家之一。多哥人的传统食品为玉米面团，但随着粮价不断上涨，他们的玉米团越来越小，从"大拳头"缩水为"小网球"，而价格却翻了一倍。当饥饿成了日复一日的生活，很多人都不知道自己最后一次吃饱肚子是什么时候了，而这像小网球一样的玉米团根本填不饱肚子，很多人只能靠喝莫诺河的河水来充饥。这是他们的母亲河，在饥荒中也成了他们保命的河流。

喀麦隆共和国是非洲中部地区的政治经济强国之一，但在这场粮食危机中也未能幸免。就连政府官员也将一日三餐减为两餐，那些底层老百姓就更惨了，很多人在街上走着走着就饿得晕倒了，有的人再也没有醒来。活着的人则在饥饿和绝望中挣扎度日，谁也不知道这场饥荒什么时候过去，谁也不知道自己能不能度过这场饥荒而活下来。

除了第三世界国家，一些发达国家也受到了粮食危机的波及。如日本，其粮食自给率只有百分之四十，尽管他们有雄厚的资本，但对国际粮食市场的依赖程度很高，很多超市一度出现了部分食品断货情况。日本媒体称，这是他们四十年来第一次面对食品短缺危机。不过，既精明又充满了危机感的日本人早已有着应对各种灾难和危机的充分准备，他们拥有一百五十万吨大米的储备，而美国则是他们粮食供应的最大后盾，这些储备粮绝大部分是从美国进口的。在没有遇到粮食危机时，日本政府不让这些大米流入市场，以免冲击当地农民的收入，而一到危急时刻，这些储备粮就可以极大地缓解这一压力。

而远在大西洋的岛国海地就没有太平洋岛国日本这样幸运了。2008年4月12日，由于出现了大规模饥荒，海地总理亚历克西遭国会弹劾，成为在粮食危机中第一个被迫下台的政府首脑。这又一次验证了，饥饿是最大的人道主义危机，其实也是最大的政权危机。而这一幕幕惨状，还只是冰山一角。

随着全球粮食危机愈演愈烈，世人最担心的还是中国，谁来养活中国？一旦遭遇粮食危机，很多人脑子里就条件反射般地冒出了这个问题。让世界充满惊奇，也让布朗难以置信的是，尽管国际粮价飞涨，不断冲撞着中国粮食安全大堤，但撼山易，撼中国难。人口基数巨大的中国，不仅没有像布朗预言的那样成为世界粮食安全的巨大威胁，而且还为拯救全人类的饥饿做出了越来越大的贡献。在全球粮食危机的大背景下，从2006年1月1日，联合国停止了对华进行粮食援助，这标志着中国二十六年的粮食受捐赠历史画上了句号。一个非凡的转身，中国由此而成为世界第三大粮食援助捐赠国。

这奇迹的背后，是中国粮食安全战略的强有力支撑，是农业科技的强有力支撑。以袁隆平为代表的中国科学家，一直在不断筑高、筑牢中国粮食安全大堤。

2011年9月，第三期超级稻历经五年攻关，迎来了中国超级杂交稻育种计划的第三次大考。这次测产验收的是湘中大山区隆回县羊古坳第三期超级稻百亩示范片。

每次大考将至，袁隆平既充满了信心，又有些不放心，在那个结果出来之前，一切都是悬念。在验收的四天前，袁隆平就到羊古坳看了稻子的长势，那稻禾长得特别好，一米二高的稻秆，齐刷刷的一片，三十多厘米长的稻穗，沉甸甸的，穗子大，谷粒多，又饱满又结实。袁隆平看得一双眼都是笑眯眯的。经他自测和估算，应该可以过关，他唯一有些担心的就是接下来几天的天气。山区天气，瞬息万变，若是在测产之前遭遇了暴风骤雨，结果就很难说了。临走时，他对试种的老乡们说："只要老天爷他帮帮忙，九百公斤百分之百能达到！"

他最担心的事偏偏就发生了，老天爷仿佛要跟他们作对，不早不晚，就在验收的前一天晚上，一场暴风雨突然袭来，顷刻间把田间的稻农打得晕头转向。等到他们清醒过来，才一个个急得直跳脚："老天啊，这么大的风雨，再结实的谷粒也会被打脱啊！"这情况得马上告诉袁老师。当时已经半夜了，他们想到袁老师年纪大了，不好打扰他老人家，一个电话就火急火燎地打给了袁隆平的学生和助手邓启云。第三期超级稻的攻关品种就是他主持研发的"Y两优2号"。说来，这是一粒卖出"天价"的种子，2008年，这个品种以四百万元的底价拍卖专属使用权，经过六轮激烈竞争，最后被国内一家企业以650万元的"天价"拍下。水稻也是有血统的，"Y两优"系列从20世纪90年代开始研发，出身于"高产世家"，具备产量突破九百公斤的潜力，被袁隆平选为第三期超级稻主打品种。对于邓启云来说，这里的稻子就像他的亲儿子一样，他日夜都惦记着呢，一天二十四小时手机都不敢关机。

半夜里，邓启云被一阵电话铃声惊醒了，他拿起手机，刚一接，只听"轰"的一声，把他吓了一跳。那是一声炸雷，在夜深人静的时候，那从千里之外传来的炸雷声实在太响了。紧接着，他又听见了呼啦啦的风雨声，又听见了农民兄弟焦急万分的呼唤声，那粗犷的声音带着哭腔："邓老师啊，大事不好啊，羊古坳又是风又是雨啊，连人都站不住啊，怎么得了啊！"邓启云感觉手机有些颤抖，那是他的手在抖。要说不担心那是假的，他感觉连空气也有些紧张，但他的声音很平静，很有底气，他说他这个品种不受风雨影响，那稻子长得很结实，不会落粒的。可那些农民哪里肯相信啊，这世上哪有风吹雨打不落粒的稻子啊？何况是这样的狂风暴雨！

谁知邓启云竟脱口冒出了这样一句话："我的孩子我清楚!"

这句话后来传开了，如今都成了邓启云的一句名言了。

第二天，风雨过后，在阴沉的天底下，那稻穗全都低垂着头，但每一株稻禾都顽强地站着，在田里找不到倒伏的稻禾，也找不着几粒被风雨打脱的稻子。尽管一场风雨刚刚过去，但农业部派来的专家没有等待，现场测产验收按原定计划照常进行。专家自有专家的道理，一个合格的品种必须能经受住恶劣天气的检验，在大自然面前，没有任何特殊情况或特殊品种是可以特殊照顾的。一切都是按照严格的测产验收规程进行，由于前一夜下了一场大雨，谷粒含水率超过了仪器的测量范围，必须减至达标的含水率（13.5%）才能准确测算出这批超级杂交稻的亩产量。尽管颇费了一番周折，得到的却是一个令人惊呼的结果：第三期超级稻"Y两优2号"百亩示范片不仅达到了亩产九百公斤的产量指标，而且创造了世界水稻史上大面积亩产的最高纪录（平均亩产高达926.6公斤）。这一结果随后便在新闻发布会上公布了："袁隆平院士指导的超级稻第三期目标亩产九百公斤高产攻关获得成功!"

这年，袁隆平已是年过八旬的老人，但他笑称自己是"80后"，又瞄准了下一个目标，第四期超级稻攻关。2014年，袁隆平选择"Y两优900"作为攻关品种，在地处大湘西的溆浦县布下了四个百亩示范片，目标——亩产一千公斤。

一个农业科学家，就这样，一步一步把超级稻推向更高的台阶。一生酷爱运动的袁隆平，他能走得这么远，一方面得益于他从小就一直在锻炼自己的体魄，另一方面也得益于运动让他领悟到了其间的人生与科学哲理。他常用跳高来打比方："搞科研如同跳高，跳过一个高度，又有新的高度在等你，随着高度不断增加，越来越接近体能的极限，也越来越难以逾越一个新的高度，但要是不跳，你怎么知道你能跳多高呢？如果你害怕失败，连试都不敢试一下，那样早晚要落在后头。即使跳不过，也可为后人积累经验啊。只要能解决老百姓的吃饭问题，个人的成败得失又算得了什么？"

转眼，又一个秋天来临，袁隆平在立秋后不久就从千里之外的长沙赶到了溆浦。这是大湘西的一个山区县，袁隆平选择的示范片往往就在那些穷山村，一是自然环境比较好，二是可以让村民靠科技种田来改变穷山村的落后面貌。这样的穷山村，还是坑坑洼洼的砂石路，车轮卷起一阵阵砂石，打得车窗沙沙作响，一辆车很快就浑身沾满了灰土。但这条路再难行，也阻挡不住这个老人倔强的脚步。这已是他第三次来溆浦现场指导了。他一连转了好几个地方，还有一块示范片路途较远，路况更差，陪同他的技术人员担心老人家受累，实在不忍心带他去看了。但袁隆平说什么也不肯放弃。这么多年来，越到最后一段路他越是锲而不舍。这是一个科学家认定了的真理，如果你已经费了百分之九十五的功夫，为什么要放弃那最后的百分之五呢？一件事的成败往往就取决于那最后一刻，一个不经意的小细节很可能就会改变人生和命运，甚至可以改变历史。

车又开始在山道上颠簸前行，天空如黑压压的锅一样扣下来，乌云几乎把整个天空都吞下去了。到了那块示范片，袁隆平一下车就闻到了雨水的气味，也闻到了稻穗扬花灌浆的甜丝丝的气味。他踩着田埂钻进稻丛，那苗壮的稻禾比他的胸脯还高，一低头就看不见人了，只有他知道自己在哪儿。他弓着身子，拨开一株株稻禾，像一个老中医一样望闻问切，看稻子有什么病症，该补充什么营养。还好，这里的田间管理很到位，稻子长势很好。他又数着稻禾上的谷粒，在心里默算着一株稻子该有多少收成，一亩田又该有多少收成。他一遍遍地数着、抚摸着，风飒飒地吹着稻禾，像风声，又像雨声。其实，当袁隆平钻进稻丛里时，细雨就开始飘落了，袁隆平全神贯注地察看着稻禾，竟然没有发现下雨了。等他从田埂上走出来，脚下的泥土已变成了泥浆，半截身子都已湿透。随行的张克松和舒友林生怕他老人家着凉了，一个劲地催他上车。临行前，他又千叮咛万嘱咐，后期田间管理很重要，还有天气，这天气谁也没法改变，但要根据气候来搞好田间管理，只要后段天气正常、田间管理到位，亩产有望突破一千公斤！

此时雨越下越大了，张克松和舒友林看着在风雨中迟迟不肯离去的老人，看着老人那张被雨水淋湿的脸，两人都感觉被一种难以言说的东西渗透了。

袁隆平走后，雨还在下。秋风秋雨愁煞人，谁也不知道，这阴雨连绵的日子还将持续多久。幸好，到了9月下旬，老天开眼了，溆浦终于从淫雨霏霏的日子里走出来，对那些稻田里的守望者来说，那感觉真如重见天日一般。加之田间管理和对稻瘟病的防治到位，袁隆平最担心的灾害也没有发生。此时，离收割季节越来越近了，第四次大考的结果又将如何呢？袁隆平根据测算数据和稻子的长势仔细分析了一番，眼下离农业部测产还有十天，稻子还处于生长期，他估计，每亩每天还可以增产五六斤，十来天还能增产三十公斤左右。当然，这只是他的预测。

天有不测风云，人算不如天算。无论天算、人算，最终都将归结为农民常说的一句话："一亩田的产量是高是低，秤杆子上面一见分晓。"

2014年10月10日，又到了一个见分晓的时间，来自全国各地的验收专家已先期抵达溆浦，上百名扛着"长枪短炮"的记者也早已闻风而至。中国超级稻育种计划自1996年启动以来，历经十八年攻关，一直备受国内外水稻领域关注，而这次能否攻克一千公斤大关，"杂交水稻之父"袁隆平能否再创一个"超级神话"，也成了举世瞩目的焦点。

那是个秋高气爽的艳阳天，没有什么比阳光更懂得稻子，金黄色的阳

瀑布稻

光和金黄色的稻田交相辉映，把空气都映衬得金灿灿的。在稻田边上，一块牌子高竖着，老远就能看见那牌子上被阳光照亮的大字："超级杂交稻第四期亩产千公斤高产攻关示范基地；面积：102.6 亩；首席专家：袁隆平"。这块牌子，从春到秋一直竖立在这儿，此时又以此为中心，里三层外三层地围满了人。但见人头攒动，却不见稻浪翻滚，那水稻宛如垂下来的瀑布一样，连风也吹不动，这让很多记者在结果出来之前就提前发出了惊呼："天哪，这就是传说中的瀑布稻啊！"

在袁隆平赶来之前，现场测产验收就已经开始了。那刚打下来的湿谷子太重了，连磅秤也压得颤颤巍巍，但这还只是毛谷，而按严格的现场测产程序，那可真是容不得一滴水分、一粒沙子，还必须晒干水分，用风车去杂后，才能称重验收。每个人都在等待那个最终的结果。而在正式结果公布之前，时间变得特别漫长，这个漫长的悬念，又让人心情特别紧张，还有些莫名其妙的复杂。就在这时，一个熟悉的身影终于出现了，见过的，没见过的，谁都认得他是谁。

那三块抽签选定的测产田，用了一个上午才收割完。这顿午饭，袁隆平和大伙儿就是在田边上吃的，每人手里都捧着一个乡下人吃饭的粗瓷大碗，没什么菜，那米饭则是用这次攻关的"Y两优900"超级稻做的饭。一个"杂交水稻之父"追求的不仅仅是高产，还有稻米纯正的品质、香味和口感。在产量揭晓之前，那香喷喷的大米饭，每个人都美美地吃了一大碗，一边吃还一边竖起大拇指，用湖南话说："好呷（这里指吃），真好呷！"这里还有一个小插曲，一个老倌吃光了一碗，拍拍屁股上的泥巴，又去添了一大碗，都堆得冒尖了。袁隆平一看乐了，上前问这个老倌，这大米饭好不好呷？那老倌乐得跟小孩似的，还连连咂着嘴，一忘形，连口水都流出来了，他觉得有些不好意思，急忙用手遮住了嘴巴。可没想到，这老倌竟然摇了摇头说："好呷是好呷，就是划不来啊！"袁隆平一听，若有所思地看着他，这个种子还没在大田里推广呢，只是免费给他们试种的，是不是有人乱收费，收了他们的种子钱呢？袁隆平对农民的利益格外关心，如果有人这样坑农伤农，那可要追查。那老倌连连摇头，没有人收他们的种子钱，但他却老老实实地说："唉，这米饭实在太好呷了，一碗不够啊，吃了还想吃呢！这么下去，一餐就要多呷两碗饭，这可划不来啊！"

大伙儿一听，又爆出了一片笑声，但袁隆平没笑，他觉得这老倌的话有道理，若要让老百姓都能吃上这高产优质的大米饭，还得物美价廉啊。

到了下午三点钟，最后一刻终于来临。所有人一下静了下来，中国水稻研究所所长、农业部验收组组长程式华几乎是一字一顿地宣布："这次百亩片平均亩产 1026.7 公斤！"

那寂静的现场又持续了几秒钟的寂静，仿佛被一个结果震惊了，又突然被一种蓄积已久的力量猛地一掀，顷刻间爆发出暴风雨般的惊呼声。那的确是一个足以让世界震惊的结果，就算将后边那个零头忽略不计，亩产达到一千公斤，也刷新了世界水稻史上大面积亩产的最高纪录，这是"杂交水稻之父"的又一个巅峰之作，这是一个世界级的新闻。一个小时后，农业部就在北京召开新闻发布会，向世界宣布了这一消息：中国超级杂交稻第四期亩产千公斤攻关取得成功，这个原定于 2020 年实现的目标，提前六年实现了！

对这一结果，农业部做出了这样的评价，这"表明中国人有能力有信心依靠自己的力量解决国家粮食安全问题，也将对维护全球粮食安全产生重要而深远的影响"。

对这一结果，科技部做出了这样的评价，这"标志着中国杂交水稻研究再次登上世界之巅，将载入世界农业科技史册，不仅是中国人的骄傲，更是一个世界奇迹"。

不过，袁隆平最看重的还是老百姓怎样评价，他们无法做出科学的评价，但他们也有自己的评价方式，一个八十多岁的老农说："我种了一辈子水稻，这么好的稻子还从来没见过！"老乡们纷纷燃起了鞭炮，像庆祝一个隆重的节日，庆贺在自己的农田里长出了世界上最高产的水稻。在震耳欲聋的鞭炮声中，几个参加试种的老乡捧来了一块大奖牌，他们要给袁隆平颁奖，那牌子上写着"天降神农，造福人类"八个大字。对于前边那四个字，袁隆平不大乐意，他从来就不觉得自己是什么神农，他也不想让老百姓把自己当成一个神话，但后边那四个字正是他毕生的追求。他郑重地接受了这个由农民颁发的奖牌，笑呵呵地说："我领到过很多奖，农民给我颁奖还是头一次，在我看来，这个奖比诺贝尔奖的价值更高，更荣耀！"

回首中国杂交水稻一路走来的历程，从三系法、两系法到超级稻，从第一期超级稻到第四期超级稻，袁隆平从一个人孤军奋战到率科研团队连续不断地攻关，从亩产五百多公斤、六百公斤、七百公斤、八百公斤、九百公斤到一千公斤，这台阶式飞跃，一次次打破世界水稻单产纪录，如今已登上了世界水稻史上"迄今尚无人登临的高峰"，让中国杂交水稻一直保持遥遥领先于世界的绝对优势。

人生可以抵达某种巅峰状态，但科学探索没有极限。袁隆平从未停止攀登的脚步，这是任何人和任何力量都不能阻挡的。在水稻单产突破一千公斤大关后，一曲举世瞩目的"高产凯歌"再一次奏响，袁隆平开始向第五期超级稻攻关。

这年，他已经八十五岁了，他又笑称自己是"85后"，接下来他就要奔"90后"了。这么多年来，他好像从未老过，却是越活越年轻了。学农的人三句不离本行，一个人老年身体好，用他们的行话说叫"后期落色好"。稻子到了成熟的时候色泽金黄，没有一片枯败的叶子，看上去仍然生命力旺盛，那就是"后期落色好"。而袁隆平就是一个"后期落色好"的人，一个奔九十的老人，除了听力有些下降和一些小毛病外，他的身体还十分硬朗，思维仍清晰活跃。很多老人都耽于回忆，回忆被看作一种衰老的表现，但袁隆平很少回忆，他更多是在思考，今天该干什么，明天该干什么。

一个奔九十的老人，仿佛在生命与科学的两极中舞蹈。一方面，他在向人生或生命的极限挑战，依然保持着异乎寻常的精力和创造的激情；一方面，他在向科学的极限挑战，向水稻的极限挑战。那么，水稻的极限产量又是多少呢？据日本著名植物生理学家吉田昌一的估算，也可以说是猜想，水稻在热带地区的极限产量为每公顷 15.9 吨（亩产 1060 公斤），在温带为每公顷 18 吨（亩产 1200 公斤）。

从 2015 年开始，袁隆平选用"超优千号"为第五期超级稻攻关品种，

超优千号

"超优千号"试验田

这是他主持育成的一个超级杂交稻新品种，也是他首次亮出他的"秘密武器"，其综合性状优良，不仅具有超高产的潜力，还是高品质的软米。袁隆平预言，也是誓言，他要力争在自己九十岁时实现第五期超级杂交稻目标，达到每公顷18吨。当然，每一个预期目标都要用结果来验证。

2016年，袁隆平科研团队在位于热带的云南个旧超级稻示范基地突破了每公顷15.9吨的产量，将吉田昌一估算的极限值变成了现实。

与此同时，袁隆平在河北省邯郸市开辟了"超优千号"高产示范基地，这也是河北唯一超级杂交稻示范区，属于典型的温带地区，这里的土壤也适合水稻生长。2015年秋天，专家组对"超优千号"百亩攻关片进行了测产，平均每公顷达到15.77吨（亩产1051.61公斤），2016年测产，平均每公顷达到16.23吨（亩产1082.1公斤），这一产量创我国北方稻区水稻高产纪录，也创世界高纬度地区高产纪录。袁隆平表示："对验收结果我是满意但不满足，追求高产更高产是育种人永恒的主题。"

尽管有人指责中国超级稻"被强调的是产量"，但真正要把产量提升一点点，也是极为艰难的。在连续两年攻关都没有达标后，袁隆平又在2017年的春天播下了种子。眼下已是2017年夏天，又一茬稻子正在茁壮成长。那些测产验收专家对"超优千号"都很看好，稻禾株型好，长势均衡，高抗倒伏，穗大粒多，结实率高。这些优势，让专家们都对这一品种的增产潜力充满了期待，但结果如何，还要等到秋天。袁隆平实现第五期超级稻目标，也许指日可待了。

不过，即使中国超级稻达到了吉田昌一估算的两个极限值，那也还不是终极目标，一个水稻王国的哥德巴赫猜想，还只能说是证明了"1+2"，接下来还有"1+1"要证明，那就是袁隆平战略设想的第三步：一系杂交稻。这是杂交稻育种的最高层次，其核心技术体系是依托"无融合生殖"技术，将农作物品种间、亚种间的杂种优势固定下来，使它的子子孙孙不再出现变异分离现象，从而选育不需要年年制种又可多代利用的杂交水稻品种，这对解决人口增长与粮食生产之间的矛盾有重要意义。迄今为止，袁隆平的这一设想依然只是设想，他也坦诚地向公众表示："关于一系法，还处于探索阶段，到现在也进展缓慢。我们原来曾看到某些现象，觉得很有希望，但深入下去，又发现它非常复杂。若要实现这一目标，还有很长的路要走，但并不是不能实现。"

世上虽没有永生之人，但有永恒的追求。一位智者曾经说过："生命的宽度在于你感受过多少，生命的厚度在于你奉献多少，生命的长度在于你经历了多少。"迄今，还没有谁像他这样，通过一粒种子把数以亿计的苍生从饥饿中拯救出来，他所创造的财富和价值是无与伦比、难以估量的，对于今天以及未来的人类和世界，他的名字和他所做的一切，必将成为人类最永恒的价值之一。

一条通往稻田的路在他的脚下曲折地延伸着，这位老骥伏枥、壮心不已的"杂交水稻之父"，在这条路上走了一辈子，而他还将毅然决然地走下去，义无反顾。

2017 年 6 月 30 日于岭南

后　记

　　有人曾让我用一句话来描述我印象中的"杂交水稻之父"袁隆平，我诚实地回答："他从头到脚都是一个农民，可那双眼里闪烁着智者的光芒。"

　　这就是我心中的袁隆平，也是我对他从感性到理性的一种认知。

　　文学是感性的，而科学是理性的。这次写作的难点，不在于如何以文学手法来讲述袁隆平呕心沥血、锲而不舍地钻研科学的励志故事，也不在于怎样栩栩如生地描述一个"泥腿子"科学家头顶烈日跋涉于茫茫稻海的形象，最难的是如何以文学的方式来探悉袁隆平和杂交水稻的科学世界，来揭示一个农业科学领域的哥德巴赫猜想是如何一步一步地被证明的。而且，作为这套"中国创造故事丛书"中的一本，本书注重趣味性、故事性，内容一定要通俗易懂，这对于我这个有几十年写作经验的老作者来说，也是头一次遇到的新问题。所以，我要老老实实地承认，这次写作既是一次挑战，也是一次尝试。

　　我觉得，先要从袁隆平投身于杂交水稻的初心开始追踪，透过几次神奇的发现，抓住几株关键的稻株，就可以把杂交水稻的来龙去脉梳理出一个比较清晰的轮廓：1961 年，他发现一株天然杂交稻株——"鹤立

　　追逐太阳的人：杂交水稻之父袁隆平

鸡群"，看到了人类利用天然杂交稻的自然规律培育出人工杂交稻的希望，从而做出了"决定性的思考和选择"；1964年，他发现了第一株天然雄性不育株，从此迈出了关键的第一步，在中国首创水稻雄性不育研究，并在国内首次勾画出了一条三系法杂交水稻技术路线图；1970年，在袁隆平的指导下，他的学生发现了野生稻的天然雄性不育株"花粉败育型野生稻"——"野败"，从而为三系法杂交水稻打开了突破口。从这三株稻株的发现，到一闯三系配套关、二闯优势利用关、三闯制种关，就能理解中国的"第五大发明"——杂交水稻是如何发明和创造出来的了，也就明白了袁隆平这个"杂交水稻之父"的开创性贡献和关键性作用在哪儿了。

接下来，就要展现袁隆平在杂交水稻科研之路上的不断探索，这就要围绕袁隆平关于杂交水稻分三步走的战略设想而展开：从育种方法上说，从三系法到两系法再过渡到一系法，朝着程序上由繁到简而效率越来越高的方向发展；从杂种优势的水平上分，从品种间的杂种优势到亚种间的杂种优势，最终的目标是实现远缘杂种优势利用。在这一战略设想的基础上，才会有中国独创的两系法和中国超级稻从第一期到第五期的不断攀登。2014年，中国超级稻的第四期攻关目标已经实现，袁隆平又开始率协作攻关的科研团队向第五期超级稻目标发起了攻关，而本书写于2017年6月底，这一目标有可能在今年秋天实现。让我们拭目以待吧。

为了让读者能够明白杂交水稻攻关的艰难过程、关键步骤，我一直用哥德巴赫猜想一步一步证明的过程来比喻，迄今为止，可以说，袁隆平已经从"9+9"证明到了"1+2"这一步，接下来还有"1+1"要证明，那就是袁隆平战略设想的第三步，也是最终的目标——创造出一系杂交稻，实现远缘杂种优势利用的终极目标。

人生可以抵达某种巅峰状态，但科学探索没有止境，从不承认终极真理。袁隆平从未停止攀登的脚步，生命不息，攀登不止。在他不断创造、不断攀登的过程中，本书试图揭示他的人生世界、精神世界。他创造性地提出的很多深入浅出的科学理念、人生智慧，会给读者带来源源不断的启迪。

2017 年 7 月 15 日于岭南